「あまりくっ付くなリリム」
「ル、ルーゴさん、絶対に手を離さないでくださいね」
ルーゴ
アーゼマ村最強の用心棒。その正体は『不死鳥の加護』を持つ伝説の冒険者、ルーク・オットハイド。
リリム
『微精霊の加護』を持つ薬師で悪魔エンプーサの少女。最近ではすっかりルーゴに心を許しており……？

ペーシャ
いたずら好きで
ちょっと臆病なシルフ。
そのため風と匂いを
使った感知が得意。
知ってか知らずなのか、
リリムの胸がルーゴの腕に
押し当てられている。
このエンプーサめとペーシャは
眉間に皺を寄せた。

リリムはルーゴが人前で
無防備を晒している姿を
見るのはこれが初めてだった。
「おやすみなさい、ルーク様」
こんこんと眠るルークに
リリムはそっと言った。

お前は強過ぎたと仲間に裏切られた
「元Sランク冒険者」は、田舎で
スローライフ
を送りたい
The "former S-rank adventurer" who was betrayed by his friends because he was too strong wants to live a slow life in the countryside
3
ラストシンデレラ
ill. 熊野だいごろう

Contents

プロローグ 003

第1話 マオステラ 009

第2話 聖域での攻防 043

第3話 裏切り者 060

第4話 二つの魔法 095

第5話 子供扱いしないでください 120

第6話 不思議な泉 144

第7話 胃袋強奪作戦 160

第8話 王盾魔術師団からの手紙 176

第9話 面倒臭い仕事 194

第10話 診療所に侵入せよ 208

第11話 もう一体の精霊 221

第12話 本心 243

第13話 巨大樹の森の戦い 258

第14話 無事でなによりです 278

エピローグ 304

The "former S-rank adventurer" who was betrayed by his friends because he was too strong wants to live a slow life in the countryside

プロローグ

王国から南へ離れた辺境の地。

そこにポツンとあるアーゼマと呼ばれる田舎村に住んでいる薬師の少女――リリムは少々困っていた。

それは同居人であるシルフのペーシャが、朝から気分が優れない様子だったからだ。

「ペーシャちゃん、大丈夫ですか？」

「これが大丈夫そうに見えるんすかリリムさん」

青ざめた表情。その額にペーシャは冷や汗を滲《にじ》ませている。

どこからどう見ても大丈夫そうではない。

「何でマオス大森林に行かなくちゃいけないんすか。大体、私なんて何の役にも立たないっすよ。妖精王様の右腕ってだけで、精鋭部隊みたいに強くないでっすし。これも全てロポスとか言うバカタレの所為《せい》でっす」

なんてぶつぶつ言いながらペーシャは「はぁ」とこれ見よがしに溜息《ためいき》を溢《こぼ》していた。

何故《なぜ》、ペーシャがこんなにも気分を落としているかというと、それはこれから『マオス大森林』

と呼ばれる魔物の巣窟に向かわなければならないからだ。

四日前にアーゼマ村を襲った襲撃者の一人、ロポス・アルバトスという男が【変化の魔法】を使用し、アーゼマ村の村長を含めた村人数名が杖《つえ》に変えられてしまった。

ロポスがどうして村長達《たち》を杖に変えたのかは分からないが、これを治すには『黄色い花』という薬草が必要であり、この薬草の生息地が件《くだん》のマオス大森林という訳だ。

ペーシャはアーゼマ村の用心棒ルーゴに黄色い花の採取に向かうメンバーに名指しされた。だから彼女はロポスに対して恨み節を溢している。何もかも全てロポスの所為であると。

今日はそのマオス大森林へ向かう当日。

ペーシャが朝からずっとこんな調子なのでリリムは困り果てている。

「やっぱり行くのやめますか？　ルーゴさんも嫌がっているペーシャちゃんを無理やり連れて行くほど鬼じゃないでしょうし」

とは言ってもそのルーゴが力を借りたいと言っているのが更に困りものである。

ペーシャは自分は役に立たないと自虐しているが、ルーゴはそんな役立たない者を考えもなしに危険な森に連れて行くなんて真似《まね》しないだろうとリリムは考える。

現在、マオス大森林はいつもとは様子が違うとルーゴは説明していた。

アーゼマ村を襲った襲撃者のもう一人、エル・クレアという冒険者が魔法で森の一部を抉《えぐ》ってしまったのだ。

その結果、なんでも森で眠っていたとある魔物が目を覚ましてしまったかも知れないとのことだ。

魔物の名はマオス。

それは王国の守り神である『女神アラト』と『不死鳥ベネクス』に並ぶ神の名だ。

ただ偏《ひとえ》に神様と言ってもマオスは魔物として知られている。

仮に本当に目を覚ましていたとして、もし森の中でばったり出くわしたとして、はたしてこの魔物は話が通じる相手なのだろうか。それが分からない。

だからこそルーゴはペーシャに助力を願い出たのだ。

ペーシャは風魔法を使った【探知魔法】が得意であり、この魔法を上手《うま》く使えばマオスに出くわすことなく黄色い花を採取出来るかも知れない。

それがルーゴがペーシャを指名した理由だ。

当人であるペーシャは嫌そうな顔をしているが。

「気が重いでっす」

「本っ当に嫌そうな顔してますね。やはり断っちゃいましょうか？　もうそろそろ出発の時間なので早めに言っておかなくちゃいけませんよ。私からもルーゴさんに事情を説明してあげます」

「い、いや……、別に行かないって訳じゃあないっすよ」

「ん？」

言っていることと表情が一致しないペーシャ。

リリムは訳も分からず首を傾《かし》げる。

そんなに行きたくなさそうな顔をしておいて別に行きたくない訳じゃないと。

一体全体それはどういうことなのだろうか。

「本当は行きたいんですか？」

「行きたくないでっす」

どっちだよ、とリリムは思った。

もしかすればあまりのストレスで錯乱状態に陥っているのかも知れない。

リリムはひとまず不安に効く薬をペーシャに飲ませてあげようとすると、その手を振り払われてしまった。

「なんすかその薬は！　別に私はどこもおかしくないでっす！」

「いや、さっきから発言がおかしいので」

「まったく失礼な人っすね」

なんて頬を膨らませて分かりやすくご立腹を表現するペーシャ。

どうやら気が重たいというだけで体調はなんら問題ない様子。

そろそろマオス大森林に出発する時間なのでリリムはペーシャの手を引き、用意を済ませて診療所を出ることにした。

「リリムさんは怖くないんすか？」

「私ですか？」

ルーゴ達と待ち合わせをしている村の広場へ向かう道すがらペーシャにそう尋ねられる。

リリムも今回、ルーゴに助力を求められてマオス大森林へ向かうことになっている。

正直に言えば怖いというのがリリムの本音だ。

だが、森には薬草を採りに何度も足を踏み入れているので慣れている。

それに森へ向かうメンバーにはルーゴの他にも、冒険者ギルドのマスターであるAランク冒険者ラァラまで居るのだ。

どんなに屈強な魔物が出ようとも彼らならなんとかしてくれるだろう。

それにリリムが持っている『微精霊の加護』の力を使えば、魔物との接触を避けることが出来る。

マオスがどれ程の魔物かは知らないが、そもそも出会わなければ大丈夫ではないだろうか。

「安心してくださいペーシャちゃん、微精霊様も居ますからきっと大丈夫ですよ」

「きっとかぁ～。う～ん、不安でっす」

「ほらほら、もうすぐ広場に着きますよ。ここまで来たんですから覚悟を決めてください」

「う～……」

ペーシャの手を引きながら足を進めていけば、村の広場がすぐそこに見えてきた。

ルーゴは既に待機していたようだ。その隣にはギルドマスターのラァラともう一人、同じく冒険者ギルドの学者らしいハルドラの姿もあった。

ここにリリムとペーシャを加えた五人でマオス大森林へ向かうことになっている。

目的は【変化の魔法】を解除する鍵となる『黄色い花』を採取すること。

無事に目的を達成出来るかも分からないし、ペーシャと同じくリリムも不安ではあるが、この村の用心棒であるルーゴがそばに居てくれるのならばきっと大丈夫な筈《はず》だ。

なにせアーゼマ村が誇る用心棒ルーゴは、この場に居る誰よりも強いのだから。

「ルーゴさん、お待たせしました！」

今だ項垂《うなだ》れるペーシャを引き摺《ず》りながら、リリムは広場に居るルーゴ達に駆け寄った。

ペーシャはめでたくマオス大森林へ向かう攻略メンバーに選ばれた。

以前、同じく攻略メンバーに選ばれたリリムに対して『村の為《ため》に頑張って』と言ってしまった手前、私は怖いので行きたくないっすと断る勇気が持てなかった。

更にはシルフの中で唯一ルーゴに名指しされたとして、他のシルフ達《たち》に尊敬の眼差《まなざ》しで見られてしまい、引くに引けなくなってしまったのだ。

（ペーシャさん！　ルーゴさんから名指しで協力を頼まれたって流石《さすが》ですね！）

（へ？　ま、まあこのペーシャなら当然っすね！）

などと気分が良かったので積極的に否定しなかったのが良くなかった。本当に良くなかった。

やっぱマオス怖いっす、なんて言えば幻滅されてしまうこと必至。

なんて思うとまた更に否定し辛《づら》くなる悪循環。

これが原因となって今、ペーシャの眼前では溜息《ためいき》を吐《つ》いてしまうような光景が繰り広げられている。

「ペーシャさんすげぇっす！　あのルーゴさんに認められるなんて！」

「精鋭部隊の皆を差し置いてあのペーシャが選ばれたんだ！」

「流石は妖精王様の右腕だぜ！」

アーゼマ村の出口にて、ペーシャを含めるマオス大森林攻略メンバーを見送りに来ていたシルフ達が、目をキラキラと輝かせながらペーシャに熱い視線を注いでいた。

シルフは魔物だ。

魔物は本能的により強い者を畏敬する傾向がある。

シルフで一番強いティーミアが王を名乗るのもそれが理由だ。

そんな妖精王ティーミアを下したルーゴはシルフ達にとって畏敬の的であり、そんなルーゴから指名されたペーシャも敬いの対象となってしまったらしい。

「うおお！　ペーシャさん！　マオスなんか倒しちゃってください！」

「が、頑張るっす……」

「聞いたか皆！　ペーシャさんはマオスなんか目じゃないらしいぜ！」

「す、すげぇ！」

言ってないとペーシャは頭を抱えた。

「ちょっとペーシャ！　せっかくルーゴのパーティに入れて貰《もら》えたんだからしゃんとなさい！　私はエルの看病しなきゃ駄目だから行けないけど、私の分までしっかり頑張んなさいよ！」

興奮状態のシルフ達をかき分けて姿を現したティーミアがこちらに檄《げき》を飛ばしてくる。

あまり気乗りがしないペーシャが「はいっす」とそっけなく応えれば、ティーミアが肩に腕を回して耳元に顔を近付けてきた。

「あんたどうせ今更怖くなってきたんでしょ？　別に必ずしもマオスと戦うとは限らないんだから大丈夫よ。それにルーゴも居るし、あのラァラって奴《やつ》も相当な腕前よ。たとえ怪我《けが》したとしても薬師のリリムが居るしね。あんたは大人しく守って貰えば良いのよ」

「い、言われてみればそうっすね。ルーゴさんすんごい強いでっすし、なんか神様でも倒せそうっすよね」

「そうそう、誰があいつを倒せるってんのよ」

肩から腕を外してティーミアが回れ右とばかりにペーシャの背後を指で示した。

振り返れば、今回マオス大森林へ挑む者達がペーシャを待っている。

ギルドマスターのラァラに、診療所で共に暮らすリリム。そこに何故《なぜ》かギルドの学者を自称するハルドラも居るのが若干気になるが、それ以上に気になるのがルーゴだ。

「さあペーシャ、そろそろ行くぞ。気を引き締めるんだ」

と、武装したルーゴが手招きしている。

今日はいつもの兜《かぶと》だけではなく、とても頑丈そうな籠手《こて》までしている。あれに殴られれば痛いじゃ済まないだろう。そしていつもは装備していない剣まで腰に差していた。

お前は気を引き締め過ぎなんだよ、とペーシャが顔面を引き攣《つ》らせる。

そこまでやばいのかマオス。

そこまでやばいのか神様。

絶対に出くわしたくない。

「る、ルーゴさん。どうかペーシャを守ってくださいね？」

「お前も意外と可愛《かわい》い所があるんだな、安心しろ」

守ってやる、とルーゴがこちらの頭を撫《な》でてきた。

意外とは余計だったがどうやらお願いは聞いてくれるらしい。

よし、ルーゴが守ってくれるらしいので安心してマオス大森林に踏み込むとしよう。とペーシャは心意気を新たにする。

「よぉし、それじゃあガラム君。俺が戻るまでアーゼマ村のことは頼んだよ」

「ああ、任せてくださいよっと」

ティーミアが相当な腕前と言ったギルドマスターのラァラも一緒に居る。

「ではハーマルさん、行って来ますね」

「いってらっしゃいリリムちゃん。ちゃんとルーゴさんの言う事を聞くのよ？」

「分かってますよ」

怪我をしても薬師のリリムが居るので大丈夫だろう。

「ふふふ、ギルドの学者として存分に成果を出してやりましょうか」

ハルドラはよく分からない。何やらどでかいカバンを背負って丸眼鏡を得意気に弄繰り回している。本当によく分からない。こいつはなんなのだろうか。

ちょっとした不安要素もまだ残っているが、まあルーゴが居るのでマオスが出て来てもなんとかしてくれるだろう、たぶん。とペーシャは自分を無理やり落ち着かせることにした。

ルーゴが必ず自分を守ってくれる筈《はず》だ。

ティーミアに言われた通り、大人しく守られていれば良いのだ。

「ちっ」

マオス大森林に踏み込んでから数十分。

ペーシャは目の前の光景に舌打ちをしていた。

守ってくれる約束だった筈のルーゴが、リリムに独り占めされているからである。

「る、ルーゴさん、絶対に手を離さないでくださいね」

「お前は本当に臆病だな」

怯《おび》えた様子でリリムが全身を震わせている。

森のどこかで鳥が大きく鳴けば、ビクリと身を跳ねさせてルーゴの腕にしがみ付いていた。

知ってか知らずか、リリムの胸がルーゴの腕に押し当てられている。

このエンプーサめとペーシャは眉間に皺《しわ》を寄せた。

リリムは人間のふりをしてアーゼマ村で生活しているが、その正体はペーシャと同じく魔物である。種族は『エンプーサ』であり、何でもこの魔物は他人から魔力を奪って食べる危険な生き物なのだとか。

ペーシャはリリムがエンプーサであると聞いた時、ちょっとだけ気になってしまったのでその生態を詳しく調べた事がある。

アーゼマ村の村長の家に置いてあった本には、エンプーサは食事——マナドレインを行う為に、人間の異性を魅了する術に長《た》けているとの記述があったのだ。

もしかすればルーゴはもうリリムの術中《エンプーサ》に堕《お》ちているのかも知れない。

リリムにその気があるかはさておき、どうしてエンプーサが別大陸で淫魔サキュバスと呼ばれるのかを知った気がする。

冒険者ギルドの学者を自称していたハルドラも、時折リリムにチラチラと何か含みのある視線を送っている。こいつも既に堕ちているかも知れない。

「あまりくっ付くなリリム」

「ルーゴさんがマオスがどうって脅かすからですよ！」

「す、すまない、そんなつもりじゃなかったんだがな……」

マオス大森林を進んで行く中、そんな仲睦《むつ》まじい二人から視線を外せば、今度はどうしてか興奮しているファラとハルドラの二人が視界に入る。

「ハルドラ君、見ておくれ！　虫を食べているぞこの植物！　マンドラゴラの一種じゃあないかい!?　新種だよ新種！」

「それはハエトリグサですね」

「マンドラゴラじゃないの？　じゃあこれはアルラウネの一種だ。きっと新種だよ」

「ハエトリグサですね」

カバンから瓶を取り出したハルドラが呑気《のんき》にハエトリグサを採取し始める。

ファラが「俺も欲しいなぁ」と物欲しそうに言えば、やれやれと瓶をもう一個取り出した。

彼らもリリム達と同様に仲が良さそうだ。

気が付けば男女ペアが二組も出来上がっている。

「なんだこれ」

帰ろうかなとペーシャは思った。

ちゃんと役割を与えられているので本気で帰るつもりはなかったが。

ペーシャは索敵を任されているので得意の風魔法を操り、周囲に敵が居ないかを常に探っている。

マオス大森林に踏み込んでからずっとだ。

自分を中心に風を呼び込み、運び込まれた匂いを嗅ぎ分けるのだ。シルフは鼻が利く。なので魔物が風魔法の範囲内に居ればすぐに分かる。

マオスがどんな匂いをしているのかは知らないが、嗅ぎ慣れない匂いがすればそれがきっとそれがマオスだろう。

リリムは漢方めいた薬草の香りに加えてほんの少しだけ甘い香りがする。ラァラは生肉を香水で煮込んだ様なよく分からない匂いがする、彼女は普段何をしているのだろうか。

そんな女性陣とは打って変わってルーゴは無臭だ。

彼のことだ、きっと魔物に気取られないよう存在すらも匂いレベルで消しているのだろう。ペーシャは勝手にぞっとする。ちなみにハルドラも無臭に近い。

そんな四人の匂いを除けば、今は森ともあって青臭さしか感じられない。なのでマオスは近くには居ない筈だ。

そもそもの話、神様と言われているマオスの存在自体が眉唾なのだ。

本当に実在するのかも怪しいとペーシャは考えている。

一応、ティーミアからは大昔にマオスという名前のシルフが居たという話を聞いていたが、それは何百年も昔の話だと言うではないか。とっくに死んでいる筈だ。

ただ、マオス大森林の様子がおかしいのは確かだった。

どうしてかこの森に足を踏み入れてから一度も魔物と遭遇していない。ルーゴは森に居る魔物が興奮状態にあると言っていたが、その魔物達は一体どこへ行ったのだろうか。

「ペーシャ、付近に魔物の気配はあるか?」

「ないっすね、一匹も居ないっす」

「そうか、どうも様子がおかしいな」

「まあ魔物が居ない方が気楽でっすけどね。きっと寝てるんすよ」

「だと良いがな」

時折、ルーゴがこちらに確認を取ってくるが、その度にペーシャは首を振る。リリムが持つ加護の力で呼び出された微精霊達にも反応はないようだった。

慎重を期して『微精霊の加護』とペーシャの『風魔法』の二つで索敵を行っているが、マオスどころか魔物すら一切見当たらない。

「私はこのまま何事も無ければ嬉《うれ》しいっす。マオスなんて居なかった、ルーゴさんの取り越し苦労だったで話は終わりまっすからね」

とペーシャがルーゴに軽口を投げた矢先の出来事だ。

唐突に花の様な香りが鼻先をふわりと掠《かす》めた。

「……ん、花?」

香りの発生源は後方だった。

それもすぐ近くだ。だがペーシャは来た道に花を見た記憶がない。

不思議に思い、ふと足を止めて後ろを振り返る。

しかし見渡しても花の類は見当たらなかった。

見落としただけの可能性もあるが、ペーシャは風魔法を操って周囲の匂いを自分に集めている。

なのでこんなに近くに感じる花の香りを嗅ぎ漏らすことは絶対にありえない。

つまりこの香りは、今この瞬間どこからか湧いて来たのだ。

同じく異変を察知したのだろうルーゴが背後で剣を鞘《さや》から抜いていた。

「何か居るな。ペーシャ、あまり俺から離れるな」

「す、すみませんでっす。でもルーゴさん、何だか嫌な気配が――」

確認のため後方に向けていた視線を外して、再びルーゴ達の方へと振り返る。

「――するんでっすけど」


そこには誰も居なかった。


「あ、あれ、ななな何で？」

リリムもルーゴもファラもハルドラも、誰一人として見当たらない。

風魔法でも探知出来ない。

どこにも居ない。

いつの間にか孤立してしまっている。

ペーシャは冷や汗が止まらなかった。

「み、皆さんどこでっすか……」

返事が戻って来ることはなかった。

匂いがない。

風魔法で探知出来る範囲内には誰も居ない。

ペーシャは風属性の魔法を利用した【探知魔法】の索敵範囲を正確に調べたことは無いが、かなり遠くまで探れる事は知っている。

シルフの巣。アーゼマ村。

今まで居住地としていたこの二つのいずれも、全体を覆える程ペーシャの索敵範囲は広い。

加えてどこに誰が居るかを大体把握出来るくらいには正確だ。

なのにルーゴ達を探知出来ない。

つまりペーシャ、あるいはルーゴ達のどちらかが一瞬にしてどこか遠くへ移動してしまったことになる。

この場合はペーシャが移動した、が正しいだろうか。

目の前の景色が一変しているのが何よりの証拠だ。

昼間でも薄暗い不気味な森。それがマオス大森林が見せる普段の景色である。しかしペーシャの眼前には、様々な色が散りばめられた極彩色の光景が広がっていた。

「ひぇぇぇ、ここどこだよぉ」

真っ白な木々は紫色の葉をつけ、地面には桃色の草がびっしりと生い茂っている。黄金色に輝く空には緑色の雲が浮かび、真っ黒な土に覆われる地面には青い石が所々に転がっている。

見る限り明らかに異常な光景だ。

こんな景色を作り出せそうな者をペーシャは一人しか知らない。

マオスだ。間違いない。

「どうした？　せっかくワシの聖域に招いてやったのに呆《ほう》けよって」

「ひ、ひぇ!?」

急に背後から何者かに語りかけられた。

だが、ペーシャは振り返ることが出来ない。

それは知っているからだ。化け物には関わってはいけない独特な気配がする。

妖精王ティーミアすら簡単に打ち負かしたルーゴがそうだった。

そのルーゴと似た気配が後ろから感じられる。

「……招いてやったは違うか。正確に言うならば、避難させてやったが正しいかの。まあどっちでも良いか。おい、そこのシルフ、こっちへ来い」

なんだか老人の様な喋《しゃべ》り方《かた》だったが、まだ年若い女性の声だ。

その声色は随分と不機嫌そうに聞こえる。何か怒らせるようなことをしてしまったろうか。ペーシャの頬に冷や汗が伝う。

「このワシがこっちへ来いと言うとるのに……、まったく近頃の若いもんは礼儀がなっておらんな」

声の主が溜息を吐けば、どこからか伸びて来たツタがペーシャの腕に巻き付いた。

悲鳴を上げるのも束の間《つかのま》、ペーシャはツタに腕を取られて引き摺《ず》られてしまう。

「ぎぇ！　な、何なんすかこれぇ！」

「はっはっは！　年寄りの言うことを聞かぬからそうなるんじゃ」

引き寄せられて初めて声の主の姿を間近で確認する。

周辺の極彩色の景色と同様、真っ赤に染まった奇妙な池の畔《ほとり》で少女がこちらを見下ろしていた。

背丈は人間の子どもと然程《さほど》も変わらない。見た目年齢で言えばティーミアよりはやや年上といったところか。

ルーゴはマオスをティーミア達と同様のシルフだと言っていたが、目の前の少女にはシルフの特徴である羽がなかった。

「なんじゃ、人をジロジロと見よって」

「い、いや……、その」

ただこの少女がルーゴ達からペーシャを分断したには違いない。

先ほどの花の香りが目の前の少女から感じられる。

「あ、あんた、誰なんすか……？」

「お、ワシのことがそんなに気になるか」

ふふんと鼻で笑った少女がにやりと口角を上げれば、鋭く尖《とが》った八重歯が顔を覗《のぞ》かせた。

「マオステラ・ラタトイプ。それがワシの名じゃ」

自身をマオステラと名乗った少女が淡い緑色の長髪を揺らしながら大げさに手を胸に当てた。

「妖精シルフから転じて精霊となった元妖精王、それがこのワシじゃよ。どうじゃ、同じシルフのお主ならマオステラの名を一度は聞いたことあるじゃろう？」

ない。

少なくともペーシャが記憶している中にマオステラの名はなかった。

マオスという名ならつい昨日ルーゴから聞いたばかりなのだが。

「聞いたことないっすね。マオスと何か関係あるっすか？」

「今はそっちの名で通っておるんか。マオスとは友人が付けてくれたワシへのあだ名じゃな。う～む、本名よりマオスの方で通ってしまうのは何だか複雑じゃなぁ」

どうやらマオスとマオステラは同一人物らしい。難しい顔をしたマオステラが顎に手を当ててうんうんと唸《うな》っている。

隙だらけだ。

ルーゴと似た油断ならない雰囲気をしているが、ルーゴの様に恐ろしいといった印象はない。

風魔法を纏《まと》って全力で空に飛び上がれば、ややもすればこの場から逃げられるのではないだろう

か。

マオステラはシルフを自称しているが羽がない。

ならば空は飛べない筈だ。

「おっと、ワシの聖域から逃げられると思うなよ。反逆者め」

ペーシャは魔法を使おうと一瞬だけ羽に意識を向けただけだった。

それを敏感に察知したマオステラが指を振るうと、地面から真白い根が伸びてペーシャの足に纏わり付こうとしてくる。

「いッ!?　な、なんすか!?」

「大人しくするなら手荒いことはせん。同じシルフの好《よしみ》じゃ。だが王国に牙を剝《む》いたこの連中は絶対に許さぬがな」

反逆者。王国に牙を剝く。

何を言われているのかペーシャはまるで理解出来なかったが、マオステラが言った『連中』とやらが誰を指しているのかは分かった。

マオステラが真っ赤な池に手の平を向けて上へ振るえば、巨大な水球が浮かび上がった。

そこに映し出されているのはルーゴ、ラァラ、ハルドラの三人。

この魔法は聞いたことがある。

アーゼマ村を襲った襲撃者の一人、エル・クレアが使用していたという【投影魔法】の類だろう。

「ま、待ってくださいっす！　反逆者とか牙を剥いたとか意味分かんないっすよ！　少なくともあの三人はマオステラさんの敵では――」

そこまで言い掛けてペーシャはふと、真っ赤な池に浮かぶ水球に視線を戻した。

あの【投影魔法】にリリムの姿がないのだ。

一体どこへ行った？

「あ、あれ？　ペーシャちゃん？」

「げっ」

背後から声を掛けられる。リリムだった。

マオステラは何のつもりなのかリリムまでここに連れて来たらしい。

「やっぱりペーシャちゃんだ！　一体どこに行ってたんですか！　急に居なくなったから心配したんですよ！」

心配そうにするリリムが慌てた様子で駆け寄って来た。

周りの極彩色の景色が見えないのか、ペーシャしか視界に入っていないのか、周囲の異常事態に全く気付いていない。

「ちょちょちょ！　離してくださいっす！　リリムさんリリムさん！　そんなことやってる場合じゃないでっすよ！」

もう逃がさないとばかりに羽交い締めにされそうになったので、ペーシャは慌ててリリムを突き放した。次いでリリムの頭を両手で鷲摑《わしづか》みにして、無理やり視線を周辺に誘導させる。

「周りを見てくださいリリムさん！　私達、捕まっちゃったんすよ！」

「え？」

するとようやく異様な周囲の様子に気が付いたのか、リリムがぽかんと口を開けて呆けていた。

極彩色の森を見て言葉が出ない様子だ。

「そしてあいつがマオスっすよ！　なんか本名はマオステラとかいうらしいっすけど」

「あの子が……？　ま、まさかぁ～」

理解が追い付いていないのかリリムが苦笑いを浮かべながら目線を合わせて来る。

ペーシャが首を横に振ると、苦笑いそのままにリリムはマオステラに目線を移した。

「お前達の言うマオスがマオステラを指すのならば、このワシが『マオス』じゃ」

吊《つ》り上げた口角の隙間から顔を覗かせる一本の鋭い八重歯。

それを見たリリムが庇《かば》う様にしてペーシャを自身の背に隠す。

「ま、まおす……てら？　さん、私達をこんな訳の分からない場所に連れて来てどうするつもりですか？」

「そうっすよ！　私達だけ狙うなんて意味分かんないっすよ！　弱い者いじめっす！　卑怯者《ひきょうもの》！」

ここぞとばかりにリリムの背後からペーシャが追撃を仕掛ける。しかしマオステラはどこ吹く風で赤い池に浮かぶ水球を見上げていた。水球には未《いま》だルーゴ達が投影されている。

「お前達だけを狙った訳ではない。リリムと言ったか、お前はエンプーサじゃな？」

リリムがギクリと身を震わせた。

擬態を得意とするエンプーサの正体がバレている。

「エンプーサは他を魅了する術に長けているからの。この黒兜共の所へ送り込む魔物が、お前の能力で無力化されては困る訳じゃ。だからここに連れて来た、隔離じゃよ隔離」

マオステラが右手を振るうと赤い池から二つ目の水球が浮かび上がる。そこに映し出されているのは夥《おびただ》しい魔物の群れ。

ブラックベアにキラービー、そしてデスワーム等の有名な魔物から、見たこともない魔物達まで様々だ。まさかあれをルーゴ達にぶつけようとしているのか。

数にしてもはや軍勢とも言える魔物達の中には、災害と恐れられるジャイアントデスワームまで交じっていた。ペーシャの頬に嫌な汗が伝う。

「待って！　待ってくださいっす！　どうしてそんなに敵意剝き出しなんすか!?　私達はあんたに何もしてないじゃないっすか！　本気で意味が分からないっすよ！」

嘘《うそ》は言っていない。

ペーシャ達はこのマオス大森林に踏み込むに当たって、マオステラとは遭遇しないよう警戒していた。そもそも敵対意志が無いのだ。

だというのに、マオステラは水球に映し出された三人に向かって敵意を隠さず睨《にら》みつけている。

彼らもマオステラに対して何もしていない。ここに連れてこられたペーシャ達も同様だ。

しかしマオステラはそうは思っていない様子だった。

「意味が分からないじゃと？　っは、何を言うか。ならばワシがこの森に顕現する条件を教えてやろうか、小娘共」

水球を睨みつけていたマオステラが振り返り、憎悪を剝き出しにした目がペーシャ達に向けられる。

彼女が背にする景色がどす黒く染まっていく。

まるで感情がそのまま映し出されているかの様だった。

「王国の守護神であるワシが顕現する条件、それは国に敵意を持つ者、又はその配下がワシの創り出したこの森に攻撃した場合じゃ」

「こ、攻撃？　してない！　してないっすよ！」

「嘘を吐け。強大な魔力が森の一部を消し飛ばしたのを感じたぞ。悪意を持った者が何かをしでかさない限り、ワシは現れぬ」

森を消し飛ばしたのはエル・クレアだ。

マオステラの言った『国への悪意』が彼女にあったのかは分からないが、決してペーシャ達がマオス大森林に攻撃した訳ではない。

「お前達からは森を消し飛ばした痴《し》れ者《もの》の匂いを感じる。無関係だとは言わせぬぞ」

「うっそ!?　これ仲間だと思われてまっすよ！」

周辺の木々が鋭く尖らせた枝先をペーシャ達に伸ばしてくる。まるで木自体が生きているかの様だった。

聖域と呼ばれたこの空間に存在する物全てがマオステラの支配下か。

そうなればペーシャ達に勝ち目はないだろう。

羽を使って空に逃げようにもこの場にはリリムも居る。

ペーシャは神様と呼ばれているような存在からリリムを抱えたまま逃げられる気がしない。

何か弁明しようにもマオステラはどうしてか頭に血が上っているようで、こちらの言葉を聞き入れてくれる様子はない。

「ひとまず、話は全員しばき倒してからじゃな。ゆけ、魔物共！」

池に浮かぶ水球へと振り返ったマオステラが指示を出すと、魔物達が一斉に動き出す。

非常にまずい。

流石のルーゴも魔物の軍勢をぶつけられればタダでは済まないだろう。というかルーゴがやられれば、その後は自分達の身もどうなるか分かったもんではない。

ペーシャは焦りを募らせる。

「どどどどど、どうしましょうリリムさん！」

平静を失ったペーシャが目の前のリリムに訴えかける。

しかしリリムはペーシャとは真逆に落ち着いた様子だった。

「どうしましょうってペーシャちゃん、別に私達はどうしなくても良いのでは？」

「何を言ってるんですかリリムさん！　ルーゴさん達に魔物の群れが迫ってるんでっすよ！」

「慌てないでください、ルーゴさんなら絶対に大丈夫ですよ」

「へ？」

「ほら」

と言ってリリムが赤い池に浮かぶ水球に指を向けると、そこに映し出されていたのはペーシャの想像に反するものだった。

『はぁ！』

ルーゴが剣を横一閃《いっせん》に振り払うと、魔物達が何十体単位で斬り伏せられていた。

どうやら斬撃を飛ばしているらしく、剣身が届く筈もない位置にいる魔物まで横真っ二つになっている。

リリムはどうやら飛ぶ斬撃を見慣れているらしく、どうってことないと言いた気にルーゴの奮戦を見守っていた。

「なんすかあれ」

「ルーゴさんの剣は飛ぶんですよ」

「へ、へぇ」

そういえばとペーシャは思い出す。ティーミアが言っていたのだ、ルーゴがジャイアントデスワームという巨大な魔物を剣の一太刀で両断したと。

半信半疑だったが今確信した。あの話は本当である。

というか水球の中でルーゴがジャイアントデスワームを飛ぶ斬撃で真っ二つにしている。あの男は化け物に違いないとペーシャは思った。

「なんじゃこいつは、化け物め」

得意気に魔物を送り込んだマオステラもペーシャと同じ意見のようだ。気が合うらしい。

「隣のこの女も何者じゃ、あの量の魔物を相手に怯《ひる》みもせんとは……」

銀色の長髪を揺らしながら、ラァラが舞うようにして手にする短剣を投擲《とうてき》する。

放たれた剣は次々と魔物の急所を突く。脳天に心臓と、剣の直撃を受けた魔物達が一撃で絶命していく。

驚くべきは投げ放った短剣が次の瞬間にはラァラの手元に戻っていることだ。

魔物の頭を貫いた短剣は一瞬にして姿を消し、一拍の間もなくラァラの手の中へと帰っていく。

それがラァラの連撃の基礎となり、魔物をほとんど近付かせない。

たとえ接近を許したとしても、手に構えられた短剣が魔物の喉を斬り裂く。これも一撃だ。

『リリム君とペーシャ君が急に居なくなったと思えばこれかい。何かしらの意思を感じるね、やっぱりマオスの仕業かな?』

『それはまだ分からんが、先ほどからずっと何者かの視線を感じる。俺達を見ているな』

「バレとる！」

ルーゴの言葉にギクリとマオステラが身を震わせた。

ペーシャがぷっと薄ら笑いを漏らすと、マオステラが顔を真っ赤にする。

「こら貴様、何を笑っておる！　このワシを馬鹿にしよったか！　今に見ておれ、おい魔物共！その黒兜の男と銀髪女は放っておいて、まずは後ろで隠れている根暗そうな男を狙え！」

マオステラが標的にしたのはギルドの学者を自称していたハルドラだ。

何やら大きな鞄《かばん》を背負っていて、いかにも動き難《にく》そうな身なりをしている。

「仲間の一人がやられれば、たとえあいつらでも少しは隙が出来る筈じゃ！」

指示を受けた魔物達が一斉にハルドラに顔を向ける。

『おや？　何やら僕に狙いを変更したみたいですね。誰かから指示でも受けている様な動きですね。怪しいなぁ～』

しかしハルドラは焦る素振りすら見せず、待ってましたと言わんばかりに背負っている鞄から大きな得物を一つ取り出した。

それは剣や槍《やり》といった武器ではなかった。ハルドラが両手に構えた筒状のそれは、ペーシャの目には小型の大砲のように見えた。あれは一体何なのだろうか。

『僕特製の魔弾連射機銃砲です』

こちらの意図を汲《く》んでくれたのか、水球の中でハルドラは得意気に丸眼鏡を弄《いじ》りながら武器の名前を披露していた。

次の瞬間、連射型魔弾機銃砲がドドドドドド！　と花火の様な音を立てて火花を散らした。

筒の先端から撃ち出された発光する弾丸が、ハルドラへ向かう魔物達を蜂の巣にしていく。

ペーシャの記憶ではハルドラは学者を名乗っていた筈なのだが、その学者がルーゴ達と肩を並べているのはいかがなものか。

「リリムさん、冒険者ギルドの人達ってみんなあんな感じなんすか？」

「私に聞かないでください」

もしかすればギルドの調査員を名乗っていたルルウェルも強いのかも知れない。一緒に居たガラムはそこまで強そうには思えなかったが。

「こやつら、一筋縄ではいかんか。ならばもう出し惜しみはせんぞ」

マオステラはこのままでは埒《らち》が明かないと判断したのか、腕を振り上げて池からもう一つの水球を浮かび上がらせた。

そこに映し出されていたのは狼《おおかみ》の姿をした魔物の群れ。

額から角を生やすその魔物の名は、

「ストナウルフ!?」

水球が映し出す狼型の魔物を見てリリムが声を荒らげた。

「り、リリムさん！　ストナウルフってまさか……」

「そのまさかですよ！　私が前に召喚したって言った魔物です！」

リリムは前にルーゴから【召喚魔法】という魔法を教わり、あの水球が映しているストナウルフを召喚したことがあると自慢していた。

なんでもそのストナウルフはストナちゃんといって、優れた嗅覚を用いて探し物である『黄色い花』を瞬く間に見つけ出してしまったのだとか。

それのみならず、ストナウルフは単独でAランク冒険者と同等の力を持つとガラムは以前に説明していたのだ。

ペーシャが聞いたことのあるAランク冒険者とは聖女リーシャと魔人エル・クレア、そしてギルドマスターであるラァラの三人。

そんな奴らと同格扱いされるストナウルフが水球から見えるだけでもわんさかと。

これは流石にルーゴだから大丈夫とか言っている場合ではないのではないか、とペーシャはリリムの背中を小突いた。

「リリムさんリリムさん、あれは本当にまずいっす！　本気でやばいっす！　ストナウルフってAランク冒険者と同じくらい強いんすよね!?」

「え？　あ、いやいや、大丈夫ですよ」

しかしリリムから返って来たのはなんとも気の抜けるような返答であった。

リリムは最近ルーゴと仲良くしているので、無駄に毒されてしまっているのではないかとペーシャは勘繰る。最初はあんなに警戒していた癖に今は信用し過ぎではないだろうか。

「いやいやってこっちの台詞《せりふ》でっす！　ルーゴさんも一人の人間なんすよ！　それに今はラァラさんとかハルドラとかいう人も居るんすよ!?」

「心配ないですよペーシャちゃん。今大丈夫と言ったのは、相手がストナウルフだから大丈夫と言ったんですよ」

「は、はぁ？」

リリムの言い様にペーシャは頭が混乱する。

「おいリリムとやら、それはどういう意味じゃ」

それはマオステラも一緒だったようで、訳が分からないと池の前でこちらに指先を突き付けてきた。

「見ていれば分かりますよ」

「ほう？　どれ、ならば試してみるとするかの」

何故だか得意満面のリリム。

売り言葉に買い言葉とマオステラはストナウルフに指示を出す。

「やれ」

何故、魔物達がマオステラの言うことを聞くのかはペーシャには分からないが、指示を受けたストナウルフ達が一瞬にして水球から姿を消した。

地を駆ける速度が速すぎるのだ。流石はAランク冒険者に匹敵すると言われる程の魔物か。

マオステラが作り出した水球でもその背を追うのが精一杯の様子。

「ストナウルフをただの狼と侮るなよ小娘。こやつらの牙、爪、角は竜の鱗《うろこ》すらも容易《たやす》く貫くんじゃや。あの黒兜共がどれだけ強かろうが所詮は人間」

まともに相手をすればタダでは済まない、とマオステラは自信満々に続けたが、水球が映し出す光景を見てその表情が少しずつ崩れていった。

「ん？　なんじゃ？」

初めに違和感を感じ取ったのは群れの先頭を走るストナウルフからだ。

他の狼達より一回り大きなそのストナウルフは、目標であるルーゴを視界に捕えた瞬間、しっぽをぶんぶんと振り回し始めた。

ついでになにやら舌まで出してワンワンと犬みたいに吠《ほ》えている。

「なんだか様子がおかしいが……、ま、まあ良いか。そのまま黒兜の男に喰《く》らい付いてやれ！」

指示を受けた先頭のストナウルフが駆ける足を速めてルーゴに突撃し、肉薄する。

飛び掛かり、地面に押し倒し、尾をぱたぱたと振り、真っ黒な兜をぺろぺろと舐《な》め回す。

おや？　と様子を眺めていたペーシャは首を傾《かし》げた。

「おおおい!?　何やっとるんじゃお前ぇ!?」

水球が映し出すその姿はまさしくペット犬であった。

打倒ルーゴの為に差し向けたストナウルフの痴態にマオステラも動揺を隠せない。

『ワンワンッ！』

「わんわんじゃないッ！」

マオステラご自慢の牙、爪、角は一切使われず、使用されているのは今だ黒兜をぺろぺろ舐め回す舌のみである。全くの無害であった。

『ははは、よせストナ。急にどこから現れたんだお前は』

『ワオンッ！』

「なんじゃこれ！」

水球が映し出す姿は、まるで人懐こいペットと戯れる飼い主のそれだ。

理解が及ばないマオステラは頭の上に疑問符をこれでもかと浮かべている。

同じくペーシャも何が起きているかまるで分からなかったが、尋ねるようにリリムへ視線を送ると、リリムは自信満々と腕を組んで説明する。

「だから心配ないって私は言ったんですよ、あの子はルーゴさんに懐いてるんですっ」

「もしかしてリリムさん、あのストナウルフってまさか」

今ならペーシャもリリムが得意気にしていた理由が分かった気がした。

以前にリリムは【召喚魔法】を用いてストナウルフを召喚したと話していた。それが今まさにルーゴの真っ黒兜を舐め回しているストナウルフなのだ。

名はストナちゃんと言ったか。

安直な名前が気になるが、そのストナが味方であることをリリムは最初から分かっていたのだ。

「あ、ちなみにストナちゃんが一番懐いているのは私ですからね」

「へぇ」

リリムがストナにお熱なのはまあ良いとして、他のストナウルフはどういう行動に出るのだろうか、ペーシャはそれが気になった。それはルーゴも同じだったようで、

『ストナ、そいつらは仲間か？』

『ウォンッ！』

『そうか、まさかお前が群れの頭だったとはな。丁度良い所に来てくれた。リリムが攫《さら》われた、捜すにも魔物共に手を焼いていてな、こいつらをどうにかして欲しいんだ。頼めるか？』

返事をするようにストナが一声鳴くと、付近一帯のストナウルフ達の牙がルーゴ達を襲っていた魔物達に向けられた。

そこから先は蹂躙《じゅうりん》だ。

マオステラが差し向けた魔物達は、マオステラが誇ったストナウルフの爪や角に為《な》す術《すべ》なく屠《ほふ》られていく。

Aランク冒険者に匹敵する数十匹のストナウルフが暴れれば当然の結果か。

水球の端に映るファラとハルドラは、眼前の光景を見て手にしていた武器を収めた。

『ははっ、圧巻だねこれは。ルーゴはいつの間にストナウルフを手懐《てなず》けていたんだい？』

『俺じゃない』

『ふぅん？……ああ、なるほど。じゃあ急がないとね』

『そういうことだ。ストナ、もう一つお前に頼みたいことがある』

『ウォン？』

何かに気付いたルーゴがストナを呼び付け、その背に跨《また》がると指示を出す。

『リリムのもとへ向かってくれ、急ぎだ』

『ワオンッ！』

ストナが地を蹴るとルーゴ達の姿が一瞬にして消え失《う》せる。

水球はその背を追う気はないらしい。マオステラは水球を操る素振りすら見せない。

「そうか、今のはお前の仕業か」

マオステラもルーゴ達が気付いた何かに感付いている。

ペーシャ達の方へ振り向くと、水球を操っていたその腕を振りかざす。

「くそ、失敗じゃったか。エンプーサの小娘め、ストナウルフが言うことを聞かぬのはお前の仕業じゃな！」

振り上げた腕を振るうと、辺りの木々から伸びるツタがリリムへと襲い掛かる。

ペーシャは慌ててリリムの腕を引き、羽に風を纏わせて空中へ緊急回避した。

「あ、危ねぇ～！　いきなりキレてどうしたんすか!?　あいつ情緒がイカれてまっすよ！」

「すみませんペーシャちゃん！　たぶん……、というか私のせいだと思います！」

「それはもう今の流れで分かりまっす！」

ストナウルフがマオステラの命令を無視したのは、間違いなくリリムがエンプーサだからだ。

懐いているとリリムは言っていたが、それは誤った認識だとペーシャは考えている。ストナはリリムに対して既に『魅了』されているのだ。だからリリムと近しいルーゴにも襲い掛からない。

ルーゴもそれに気付いている。

だからルーゴはストナに「リリムが攫われた」「リリムのもとへ向かってくれ」と頼んだのだ。

魅了されたストナが最も優先するのは『リリム』なのだから。

「ペーシャ！　そのエンプーサをこちら寄越《よこ》せ！」

だから、マオステラもリリムを最優先で狙う。

「嫌でっす！　リリムさんは私の生命線なので拒否しまっす！」

更に勢いを増して伸びて来るツタをペーシャはリリムを抱えながら躱《かわ》し続ける。

リリムが生命線だ。

ルーゴは今、姿が消え失せたと錯覚する程の跳躍力を見せるストナウルフの背に乗って、リリムのもとへと向かって来ている。

なによりストナウルフは強力な嗅覚を持っている。いずれはリリムの居場所を見つけ出すだろう。待っていれば必ず駆けつけてくれる。

「そのエンプーサさえ居なければ、ストナウルフはまたワシの命令を聞くようになる。痛い目を見たくなければ、大人しくワシの言うことを聞け！」

「リリムさんは渡さないでっす！」

ただし、それまでマオステラからリリムを守り切ればの話だが。

第2話　聖域での攻防

『聖域』という言葉をペーシャは聞いたことがある。

それはリリムからだ。

以前に聖女リーシャの手によってアラト聖教会に攫《さら》われた時、リリムは『聖域リディルナ』という場所で女神アラトに正体が人間ではないと暴かれた。それで命を狙われたのだと。

女神アラトと同じく神であるマオステラが、同じ聖域という言葉を使うのは無関係ではないだろう。

それが何を意味するかまではペーシャには見当もつかないが、聖域が神の支配下であることは理解出来た。

「うぎゃぁ！　危ないっす！」

「ペーシャちゃん大丈夫ですか!?」

「ギリギリっす！」

枝の葉が刃《やいば》の様に飛び、大木がこん棒の様に身を振るい、そこらに生えている草が縄の様に絡みつこうとしてくる。まるで今居るこの極彩色の森全てが敵に回ったように感じられる。

マオステラが森を手足の様に操っている。

「ひいいいぃぃぃッ!」

木々から伸びて来るツタがムチの様に振るわれ、咄嗟《とっさ》に回避しようとしたペーシャの背を掠《かす》めた。

いくら風を羽に纏《まと》わせて空中を高速移動しているとはいえ、リリムを抱えながらとなるとツタの一本を躱《かわ》すのが精一杯。それが無数に伸びて来るのだから堪《たま》ったもんではない。

「リリムさん摑《つか》まっててくださいでっす!」

「絶対に離しません!」

ペーシャは速度を上げて回避に専念する。

なにやら初めから若干怒っていたマオステラだが、こちらから攻撃を仕掛ければ怒りが更に増すかも知れない。というか戦って勝てる相手じゃない。

「こんの小娘共が! いい加減に観念せんか! いつまでもワシから逃げられると思うなよ!」

速度を上げたペーシャを見て、マオステラも攻撃の手を更に強める。

単純に伸びてくるツタの本数が倍になった。飛んでくる葉の刃の数も、頭を振り回す大木の数も倍だ。

しかし、だからといって手詰まりという訳ではない。

ペーシャは風を利用した【探知魔法】で自分を中心に風を引き込んでいる。マオステラが周辺の木々を操り動かそうとすれば、ペーシャは空気の動きを感知して先に回避行動に出る。

つまり攻撃を予知出来るのだ。

この魔法のお陰でペーシャはマオステラの攻撃を避け続けることに成功している。

だが、この回避方法には弱点がある。

「そうか、空気か」

「へ？」

カラクリに気付いたマオステラがこちらを睨《にら》み付ける。

直後、強烈な暴風がペーシャとリリムを真上から襲った。

「いっ!?　やばば！」

羽のコントロールを失う程ではなかったが、周辺一帯の空気の動きがかき乱されてしまった。

これでもう『風』を使った感知が使用出来ない。空気の動きが分からない。

「あいつ……、一体何なんすか!?」

攻撃を避けることが出来る術を簡単に見破ったのも驚いたが、暴風が真上から襲い掛かってきたのが何よりも理解出来なかった。

通常、魔術師は魔法を行使する際、対象に手の平を向けるなどの初動がある。

ルーゴでさえそうだ。ペーシャも風魔法を使って攻撃する時には、手の平を敵に向ける。

だがマオステラにはそれがない。

「うぎっ！」

ツタの鞭《むち》に叩《たた》かれ、ペーシャ達《たち》は落下する。

なんとか風を操って地面に叩き付けられるのは避けられたが、鞭の強烈な一撃を受けた背が痛んで起き上がることが出来ない。リリムが心配そうにペーシャの名を呼んでいる。

「不思議そうな顔をしているの」

いつの間にかこちらに歩み寄って来ていたマオステラが、ペーシャのことを見下ろす。

「ワシが操れるのは木々や草だけではない。この聖域内にあるもの全てじゃ」

「つまり、風もってことっすか」

「ワシは元はと言えばシルフじゃぞ？　むしろそっちの方が得意じゃな」

だから魔法を使う素振りすら見せずに、暴風を操ってペーシャの感知を乱すことが出来たのだ。

なにせあれは魔法じゃないのだから。ただ、風を操っただけ。

まさしく圧倒的だ。小手先の技術が全く通じない。

同じく風を操るシルフ同士でも、ここまで差があるとはペーシャは思いも寄らなかった。

「ペーシャ、お前はよく頑張ったがここまでじゃな。悪いがこのエンプーサには消えて貰《もら》う」

マオステラの腕が、隣のリリムへと向けられた。

「喰《く》らえっす！」

「ぬがっ!?」

既に勝った気でいるマオステラの油断し切った顔面に向かって、ペーシャは風の刃を放つ。

マオステラもまさかここで攻撃してくるとは思っていなかったようだ。あっさりと体勢を崩して後ろに仰《の》け反《ぞ》ってくれた。

「お前！　そんなにワシを怒らせたいか！」

「油断してる方が悪いんすよ！　それに人を怒らせるのは得意でっす！　いたずら妖精なんで！」

「さっきまでビクビクしていた癖に、えらく強気じゃなッ」

風の刃を受けたマオステラが頬を押さえてこちらに鋭い視線の切っ先を向ける。

魔法が直撃してもピンピンしているどころか、傷一つ付いていないのはペーシャもショックであったが、生命線であるリリムを助けられるのであればそれで良かった。

「あの黒兜《かぶと》がここに来るまで、まだまだ時間は掛かるぞ、ワシを怒らせて良いのか」

マオステラに攻撃の矛先が向けられてから、まだ三分も経《た》っていない。

それに加えてペーシャ達が今いるこの『聖域』とやらがどこにあるのかも定かではない。その状況を考慮しろとマオステラは言っているのだ。

「へへへ、もう大丈夫だから問題ないっす」

「なに？」

——さっきまでビクビクしていた癖に。

言われるまでもなく、ペーシャは臆病であるという自覚はある。それが理由で風と匂いを使った感知が得意になったのだ。敵に近付く、近付いて来るのを恐れて。

今回は味方の接近を感知した訳だが。

「え？　うわひゃっ!?」

隣に居たリリムが何者かに連れ去られた。

ペーシャが視界の端に捉えたのは白い影のみ。速過ぎて全く見えなかった。

反対にマオステラは影の正体に気付いたようだったが。

「ストナウルフ!?　くそっ！」

真っ先にリリムを連れ去ったのは、最優先が『リリム』だからだ。

そして、そんなリリムを最優先とするストナウルフがここに来たということは、ルーゴも来てくれたということ。マオステラの攻撃が始まって三分にも満たない時間の中で。

「ペーシャ！　無事か!?」

駆け付けてくれたルーゴがマオステラとペーシャの間に割って入る。

ようやく、と言うには早過ぎる到着だったが、ペーシャはホッと胸を撫《な》で下ろす。一時はどうなるかと思ったが、ルーゴが居ればもう安心だろう。

「すまないペーシャ、守ってやると言いながらこの体たらくだ、許してくれ」

「いや、謝らなくて大丈夫っすよ、だから前！　ルーゴさん前見て前！」

背を鞭で打たれて地面に突っ伏すペーシャを見て、心配が勝ったのかルーゴが視線を一瞬こちらへ移した。

その僅かな隙を突いたマオステラが、ルーゴの頭に手の平をかざして魔法を行使する。

「ぐッ！」

轟音《ごうおん》と共に放たれたのは風の砲弾。

直撃を受けた頭の兜が真っ黒な破片を撒《ま》き散らすと、ルーゴは即座に体勢を立て直して同じく手の平をマオステラへと向ける。

「お返しだッ」

ドンッ、という衝撃音を伴ってマオステラがぶっ飛ばされた。

直後に遥《はる》か彼方《かなた》で土煙が上がる。

「る、ルーゴさん、兜が……」

「まさか【重力魔法】の防御を貫いてこの兜を破壊するとは。あいつがマオスで間違いなさそうだな」

血に濡《ぬ》れた頭を押さえるルーゴがこちらに振り向くと、砕け散った黒い兜に隠れていた素顔が見えた。兜のせいで籠っていたその声も鮮明に聞こえて来る。

ルーク・オットハイド。

赤髪に深紅の瞳を持つ青年、かつて冒険者ギルドでSランクの称号を持っていた冒険者だ。

「お前にこの顔を見せるのは二度目だな」

「そ、そうっすね。う～ん、何かやっぱり見慣れないでっす」

「だろうな」

ペーシャはたったの一度だけ、ルーゴの素顔を住処《すみか》にしていた『巨大樹の森』で目にしている。それ以降は兜で隠していたので見ていない。その理由の方はティーミアから聞いていた。なんでも正体を晒《さら》したくないらしい。

リリムと一緒だ。

そのリリムが今、向こうの木の陰でストナと一緒にこちらを見ている。

目を点にして、まさしく釘付《くぎづ》けといった感じだ。時折、目を擦《こす》るような仕草もしている。目にしているルーゴの素顔が信じられないのだろう。

なにせルーク・オットハイドは世間では死んだことになっているのだから。

「ルーゴさん、あれ良いんすか？」

ペーシャがリリムの方を指で差し示すと、ルーゴは困ったように頬を指で掻《か》いていた。

普段は表情が兜に隠れていて見えなかったが、眉を顰《ひそ》めて本当に困ったような表情をしている。

「いや、まずい。これ以上、俺の正体を知っている奴《やつ》を増やしたくなかったのだがな。特に……、その、リリムにはな」

気まずそうにしていたルーゴがリリム達にしっしと手を振るって離れるように指示を出すと、腰に差してあった剣を引き抜いた。

いつまでもお喋《しゃべ》りをしている場合じゃない。

「先ほども言ったが、さっきの奴がマオスで間違いないか？」

「そうっす。正確にはマオステラっていうらしいっすよ、それが本名らしいっす」

「やはり本物か。そして思った以上に厄介だ、ここまで広い聖域を作り出せるとは」

見渡す限りに極彩色の景色が広がっている。

ペーシャはこれを見て脱出を諦めた程だ。

「あれ？」

と、ペーシャはルーゴの反応に引っかかりを覚える。

「というかルーゴさん、ここが聖域って知ってるんすか？」

どうしてルーゴはここが聖域の中だと理解しているのだろうか。そもそもの話、どうやって聖域に侵入したのかも分からない。入ろうと思って入れる類の物なのか。

ペーシャ自身、聖域という言葉を知ったのは最近なのだが、そういった諸々《もろもろ》の疑問をペーシャがぶつければ、ルーゴは遠くのマオステラに視線を向けたまま答える。

「そうだな、俺も詳しい訳ではないが聖域の中に入るのは初めてではない」

「じゃあ対処方法も分かりまっすか？　聖域内の全てがマオステラの支配下みたいっす。あいつやばいっすよ」

「それも問題ない。ペーシャ、お前は俺の背に隠れているだけで良い。もう二度と怖い思いはさせないと誓う」

だからこの場は任せてくれ、とルーゴが手にしていた剣を構えた瞬間、マオステラの攻撃が始まった。

周辺の木々という木々から枝が槍《やり》の様に襲い掛かってくる。

数えるのも馬鹿馬鹿しい程に伸びてくる無数の槍を見て、ペーシャは言われた通りにルーゴの背に身を隠す。

「はぁッ！」

ルーゴが剣を力強く振るえば枝の槍が薙《な》ぎ払われた。

二度、三度も振るわれれば瞬く間にマオステラの攻撃が全て斬り裂かれる。

マオステラの猛攻は終わらない。

後方から巨大な影が降りて来たかと思いペーシャが顔を上げれば、空を覆う巨大な樹《き》が音を立ててこちらに倒れてきていた。

一閃《いっせん》。

ルーゴの剣が鈍い銀光を放つと大樹が縦真っ二つに両断される。そしてルーゴが手を掲げると、裂かれた大樹が【重力魔法】によって持ち上げられた。

「使わせて貰うぞ」

重力の照準が前方へ向けられ、二つに斬られた大樹の一方が勢いを付けて射出された。おまけにルーゴが指を弾《はじ》くと大樹が炎を纏ってマオステラに襲い掛かる。

「うおぉぉ!?　ルーゴさん強ええぇッ!?」

自分は逃げるので精一杯であったマオステラの攻撃を力で押し返すルーゴの姿に、ペーシャはある種の興奮を覚える。ティーミアが言ったように誰がこの男を倒せるのだろうか。

「本当に神様も倒せるんじゃないっすか!?」

燃える大樹がマオステラの居た前方に着弾した。

業火が広がり、辺りは火の海と化す。

不気味な極彩色の景色が今や赤一色に染まっていた。

「や、やったすかね?」

「いや、まだだッ」

ルーゴが拳を握りしめる。

すると【重力魔法】によって上空に持ち上げられたままだった大樹の片割れが粉々に弾けた。

再び重力の照準が前方へ向けられると、またもや木片が炎を纏って業火の中へ雨の様に降り注ぐ。

炎を纏った大樹の質量爆弾に、木片の絨毯《じゆうたん》爆撃による追撃。あまりに殺意の強い攻撃にペーシャは絶句するも、

「これで少しは堪《こた》えてくれるとありがたいのだがな」

ルーゴは未《いま》だ前方から視線を逸《そ》らさないでいた。

手にしている剣を鞘《さや》に戻す気配もない。これでもまだマオステラを倒すには至らないと考えてい

るようだった。

ペーシャの風を用いた【索敵魔法】も炎の勢いが強過ぎてまるで機能していない。マオステラの動向が摑《つか》めない。

「流石《さすが》に倒せたんじゃないっすかね？」

「これで倒せるのなら苦労しない。それに周りをよく見てみろ、聖域が解かれていないのが良い証拠だ」

確かに聖域は解かれていない。

前方は業火に包まれて見るも無惨ではあったが、ペーシャが他に視線をやれば極彩色の景色は未だ健在だ。

「んん？」

周囲の景色を見渡していたペーシャが眉を顰めて目を凝らす。

視線を向ける先は前方の火の海だ。

炎が勢いを増してどんどん大きくなっている。

違う。様子がおかしい。

前方の炎がこちらに近付いて来ているのだ。

炎がどんどん押し寄せて来ている。

燃え盛る木々に草、果ては地面までもが津波の様にペーシャとルーゴを目掛けて迫って来ている。

「ぎえええぇッ！　なんかすごいのがこっちにぃ!?」

羽に風を纏わせたペーシャは咄嗟にルーゴの腕を引っ張るも、逆に腕を摑まれて引き寄せられてしまった。

この場に居たら死ぬ。あの迫り来る聖域に吞《の》まれて死ぬ。だというのにルーゴは空を飛んで逃げようとするペーシャを摑んで離さない。

「る、ルーゴさん!?　なにやってるんすか！」

「もう一度言う、俺の背から離れるな」

「ひ、ひぇぇ……、わわわ分かりまっしたァ!!」

「少し本気を出す」

構えたルーゴが剣の切っ先を前方へ向けた。

ペーシャはこの構えを知っている。以前、この構えからジャイアントデスワームを一刀両断したと、それを見ていたシルフ達がペーシャに教えてくれたのだ。

あの人に斬れない物は無いのではないかと。

固唾を吞んでペーシャが様子を見守っていると、ルーゴが呟《つぶや》いて剣を振り払う。

「――『斬れ』」

炎を纏って押し寄せる聖域が、横一文字に斬られて崩れ落ちた。

「す、すっげぇ～」

シルフ達は『斬れない物は無い』と絶賛していたが、まさか聖域を斬ってしまうとは。

この男は確かにルーク・オットハイドなのだとペーシャは思い知らされた。

「ルーゴさん。今のはなんすか？」

ルーゴが直前に呟いていたのだ。

斬れ、と。

その言葉と共に両断された景色は斬られた端から微塵《みじん》となって崩壊していき、押し寄せるその足をピタリと止める。

まるで斬撃そのものが魔法の様に感じられた。

「斬るというより微塵切りになってる気がするんすけど」

「魔力を声に乗せて唱え、応じた魔法を強化し行使する。【詠唱】と呼ばれる物だ。今のは斬撃に詠唱を与えた結果だな」

言いながらルーゴがペーシャを抱き寄せ、後方へと剣の切っ先を向ける。

抱きかかえられたペーシャの鼻先を花の香りが掠めた。

「あえて名を付けるなら【斬撃魔法】といったところか。お前が生きた時代には無かった技術かもな。マオス、いや……マオステラだったか？」

「ほぅ、【詠唱】ね。魔法は今も進化しとるという訳じゃな」

いつの間にかペーシャ達の間近まで来ていたマオステラは、胸から腰にかけて衣服を血で汚していた。流石にルーゴの剣を受けて無傷では居られなかったらしい。

しかしその傷も次第に治っていく。まるでティーミアが持つ『妖精王の加護』の様だった。

「それで？　その進化した魔法でそんなにワシを殺したかったか？」

「違う。俺はお前を殺しに来た訳ではない。話し合いをしに来ただけだ」

「話し合いじゃと？　後ろを見てみろ馬鹿者め。ワシの聖域を燃やした挙句、盛大に斬り刻みよって。あれのどこに話し合いの意思を汲《く》み取れと言うんじゃ」

表情を歪《ゆが》ませたマオステラがこちらに手を向けてくる。

対するルーゴは切っ先を向ける剣の柄《つか》を握りしめた。

反射的にペーシャは緊張で息を止めてしまうも、ルーゴが安心しろと背をぽんぽんと叩いた。

先ほどまでとは違い、今はルーゴが居る。

それだけでペーシャは緊張が解《ほぐ》れてしまう。

「る、ルーゴさん」

「大丈夫、俺が付いている」

ペーシャが心配そうに顔を上げれば、ルーゴが目を合わせてくる。

そんな二人の様子を見てマオステラが不思議そうに首を傾《かし》げた。

「……お前達、もしや番《つがい》か？」

「違う」

「違うっす」
即座にペーシャとルーゴが否定した。
二人の反応にマオステラは何故《なぜ》だか口を尖《とが》らせる。
そんな表情されてもペーシャはルーゴとどうこうするような関係ではない。なので否定すること
しか出来ない。そもそも何が不満なのだろうか。
「おい、お前達が番ではないと言うなら何だと言う気じゃ。人前でベタベタしよって。もしその気
がない癖にペーシャを誑《たぶら》かしておるなら、なおさら容赦はせぬぞ」
「ペーシャを攫って痛めつけていたお前がそれを言うのか」
「好きでやった訳じゃないでの、こいつはワシと同じシルフじゃ。同族を好き好んで痛めつける馬
鹿がどこに居る」
お前だよ、とペーシャは思ったが口には出さなかった。
「ルーゴと呼ばれておったか？　そもそもお前達がワシの森を攻撃してきたのが悪いんじゃ、それ
さえなければワシはお前達に攻撃せんかった」
「言いがかりだ。俺達は森に攻撃はしていない。なによりマオステラ、お前と敵対するつもりは最
初からないんだ。先程も言ったが俺はお前との話し合いを望んでいる」
「まだそれを言うか。……分かった、分かった分かった！　そこまで言うなら聞いてやるから話
せ！」

言ってマオステラが手の平を下げた。

やっと対話の姿勢を見せたマオステラに、ルーゴも剣を鞘に収める。

背後で聖域が未だ炎上しているが、ようやくマオステラが矛を収めてくれたとペーシャはほっと胸を撫でおろした。

「俺から王国への悪意を匂いとして感じただと？」

「そうじゃ、だからワシはお前達《たち》に魔物をけしかけたんじゃ」

「随分と気軽に言ってくれるな」

「だからすまんかったと謝っとるじゃろ。あとでちゃんと詫《わ》びを入れてやるから許しておくれ」

ようやくマオステラが話に耳を傾けてくれるようになったので、ペーシャとルーゴは聖域を歩く道すがら、何故《なぜ》こちらに襲い掛かって来たかの理由を聞いていた。

いわく、マオステラが匂いと表現するその悪意を、マオス大森林へ踏み込んだ者達全員から感じたそうだった。

ちなみに聖域を歩いているのは出口を探しているからだ。

何でもルーゴとマオステラが派手に暴れた所為《せい》で、聖域がダメージを負い過ぎて崩壊寸前になっているのだとか。

見上げるペーシャの視界にはヒビが走る奇妙な空が映る。次いで地面へと視線を向ければ所々に地割れが起きており非常に危ない。

そんな崩壊の影響でマオステラは一時的に聖域をコントロール出来なくなっているらしい。

普段は聖域を解くだけで外に出られるらしいのだが、今はそれが出来ないのでこうして歩く羽目になってしまった。

出口の場所の見当は大方付いている。

風の魔法を使ってストナの匂いを辿《たど》れば良いのだ。

ルーゴはストナに指示を出して、マオステラが優先的に狙っていたリリムを先に逃がしたのだ。ストナの足ならば既に侵入箇所を出口として脱出しているだろう。

見慣れない極彩色の景色は目に良くない気がするので、ペーシャはいい加減外に出たいなと憂鬱そうに目を擦《こす》っていると、

「それにしても匂い……、匂いか。確かにシルフは鼻が利くと言うからな」

ルーゴが袖を兜《かぶと》に近付けて鼻をすんすんと鳴らしていた。

「多分そういうことじゃないと思うっすよ、ルーゴさん」

「違うのか？」

悪意の匂いって何だよ、とルーゴの隣を歩くペーシャは今更ながらに思った。

ペーシャ自身もマオステラが何故そんな表現をするのかは分からないが、恐らく、と言うより確実にその匂いとやらはエル・クレアのことを指している。

マオステラが言っていた自身の顕現条件。

それは『王国に悪意を持った者、またはその配下が森を攻撃した時』だ。

マオス大森林の一部を抉《えぐ》る程の魔法を放ったのはエル・クレアしか居ない。

森の一部が焦土と化したという話もあったが、あれもエル・クレアの仕業だろう。

「マオステラはエルのことを言っているんだと思いまっす。あいつが放った魔法が森を攻撃したって判定になってるんすよ」

「それを悪意と言っているのか」

事の経緯を知らないルーゴが疑問符を頭に浮かべていたので、ペーシャはマオステラの顕現条件等を教えてあげることにした。

未《いま》だ極彩色の景色が森の奥へ奥へと続く中、ペーシャが説明を終えるとルーゴは「なるほどな」とすぐに納得がいった様子だった。

ただ、ペーシャには一つ疑問がある。

シルフは鼻が利く。だから分かってしまうのだ。

僅かにでもエルと接触した者、例えばリリムからもエルの匂いが少なからず感じられる。匂いとはそう易々《やすやす》と落ちる物ではないからだ。

だが、ルーゴはどうだ。

他の者達より一層濃くエルの匂いが感じられるのだ。

「ちょっと質問なんすけど、ルーゴさんって結構エルと仲良かったりしまっしたか？」

「何故そう思った」

ペーシャは自分の鼻をちょんちょんと指で示した。

するとルーゴは観念したとばかりに腰に手を掛けて小さく溜息《ためいき》を溢《こぼ》す。

「そうだ。エルとは背中合わせで魔物を屠《ほふ》って来た仲だった。俺は剣と魔法で、エルは拳と魔法でな。エルだけだったよ、俺の剣に合わせられる近接主体の魔術師は」

まるで思い出すかの様にルーゴは言う。

ペーシャはルーゴの過去を全く知らないが、きっとルーゴにとってエル・クレアという少女は既に過去の人物なのだろう。その証拠が正体を隠していたあの真っ黒な兜だ。

アーゼマ村の用心棒ルーゴは、既にルーク・オットハイドの名を捨てている。

「ペーシャ、今の話は……」

言い辛《づら》そうにするルーゴにペーシャは首を横に振った。

「分かってるっす。誰にも言わないっす」

「……、助かるよ」

恐らくルーゴの正体を知っている者の数は限られている。

ペーシャが思うにティーミアと仲良さそうなラァラ辺りだろうか。彼女はギルドマスターという立場でありながら妙にルーゴへの待遇が良い。

そしてこちらは完全に事故だが、リリムもルーゴの素顔を見てしまった。

ルーゴはストナにリリムを逃がすよう指示を出したとつい先ほど言っていたが、途中で足を止めていたのはリリムがストナに『待ってくれ』とお願いしたのだろう。

そしてあと一人、ルーゴの正体を知っているのは、この話を巧《たく》まずして耳にしてしまったマオステラだ。

「ほぉ～う、ルーゴ。ペーシャと秘密の共有か。これはますます怪しい関係じゃな。やはりお前達は番じゃろ！」

「お前はさっきからしつこいな」

口に手を当てて表情をにやつかせるマオステラ。

こいつはさっきから何なのだろうか。

同じシルフのペーシャでも彼女の思考回路が分からない。

「こんな小さな娘と縁組みする大人が居てたまるか」

「ルーゴさん、私もう十五歳っす」

「え？　そ、そうか……、それはすまなかった。だが、人間で例えても十五はまだ子供だ」

などとルーゴは言うが、人間とシルフとでは大人という区切りの考え方が違う。

ペーシャはティーミアやマオステラと同様に背丈は人間の子どもと変わらないが、これ以上の成長はしない。言ってしまえばこれが成体だ。

成長限界に達したシルフは立派な大人と見なされ、巨大樹の森で過ごしていた頃はペーシャも魔法や武器を用いて魔物達と戦っていた。

つまりはもう大人だ。

シルフは人間の様に歳《とし》によって明確に大人子供の区別はしない。

「ルーゴさんから見たら私はまだペーペーの子供かも知れないっすけどね」

「そういう言い方をした訳ではないのだがな。そうか、十五歳か。ペーシャはリリムと同い年だったんだな」

「ちなみに妖精王様ももう大人っすよ」

「シルフを見ていると混乱してくるな、やたらと手を繋《つな》ぎたがるから子供にしか見えん」

その言い様にペーシャは積極的にルーゴに取り入ろうとするティーミアが不憫《ふびん》でしょうがないと他人事《ひとごと》に思う。アプローチの方法が幼稚なことには同意するが。

そして、その話に聞き耳を立てていたマオステラは、何故だか口角を吊《つ》り上げてまたも表情をにやつかせていた。

「ほうほう妖精王とな、ワシと同じく妖精王を名乗るとは威勢が良いの。シルフもまだまだ繁栄しとるという訳か。ふっふっふ、それでルーゴ、その妖精王とは良い仲なのかの？」

「ティーミアは大切な仲間だ。それ以上でもそれ以下でもない」

「なんじゃ話を逸《そ》らしおって」

「逸らしてない」

「ほいほい、分かった分かった。人間は面倒な生き物じゃな」

やれやれとマオステラは肩を竦《すく》める。

ルーゴは本当に分かっているのかと言いた気な表情をしていたが、それ以上とやかく言う気は無いようだった。

「逸らすというか、話を脱線させたのはマオステラの方じゃないっすか？」

ペーシャがそう指摘すると隣のルーゴが頷《うなず》いて同意を示す。

マオステラがペーシャと番なのかとしつこく聞いたせいで今の話になっている。

そもそもは何故マオステラが襲い掛かって来たのかの理由を聞いていたのだ。

「話を戻すがマオステラ、俺達は王国にもこの森にも危害を加えるつもりは毛頭ない。だからお前と戦う理由が無いんだ」

「では何故、お前達は警戒心を強くしてこの森に踏み込んだんじゃ。初めから臨戦状態の一団が森に入って来ればワシだって警戒してしまうじゃろ」

「俺はお前の顕現条件をある程度知っていた。だから警戒していたんだ。矛先をこちらに向けて来るのではないかとな」

「それはすまなかったの。本当に害意が無いと分かればワシも攻撃なんてせん。だが」

故に聞きたい事がある、と表情を鋭くしてマオステラは足を止めた。

ルーゴとペーシャに見せたその目付きは再び敵意をこちらに示している。

「心して答えよ。お前達の仲間に一人、ワシらの会話を盗み聞きしとる痴れ者《しれもの》がおるな。そしてルーゴ、お前はそれを知っていながら放置している。何故だ」

マオステラが身に纏《まと》う雰囲気が一変する。

ペーシャはビクリと体を震わせてルーゴの背後へ隠れた。

「前提として言っておく。俺達に敵意は無い。それは先ほども言ったな」

「っは。もう一度聞くぞルーゴ。お前はどうして盗聴されておると知りながらその者を放置しておる。敵意は無いと言いながらこれか。舐《な》められたものじゃな」

マオステラはルーゴの仲間、つまりマオス大森林へ踏み込んだ者達の中に一人、この聖域内での会話を盗み聞きしている者が居ると言った。

ペーシャはその人物に心当たりはない。

ギルドマスターのラァラが聖域内の様子を探りつつ、いつでもルーゴの手助けに向かえる様にしている……、といった様子でもなさそうだった。

「それは俺が指示したことではない。奴《やつ》が勝手にやっていることだ。言っただろう、俺達には敵意は無いと」

「俺達には……か。なるほどの、奴は仲間ではないと。では何者じゃ。何故、お前はそいつと行動を共にしておる」

「王盾魔術師の一人だ。お前の言う通り、俺は奴がこちらの会話を盗み聞きしていると知っていながらあえて泳がせていた。目的の真意を探る為《ため》にな」

王盾魔術師と聞いてペーシャは顔色を青くする。

ルーゴの話が本当だとすれば、盗聴しているという者はアーゼマ村を襲ったロポス・アルバトスの仲間ということになる。

ペーシャの表情の変化を見て、マオステラは何かを悟ったのか重い溜息を吐《つ》いていた。

「ペーシャ、お前は王盾魔術師に苦い経験でもあるのか？」

「は、はいっす。王盾魔術師は私達シルフが住んでいるアーゼマ村を襲撃してまっす」

「そうか。ワシは今や精霊じゃが、元シルフとして聞き捨てならぬな」

一度こちらに攻撃しておいてどの口が言うのかとペーシャは眉を顰《ひそ》めたが、思い返せばマオステラは最後の最後まで手を抜いてくれていた。

ルーゴとの攻防を見るに、そうでなければリリムもろとも一瞬で消されていたに違いない。

もし王盾魔術師と対峙《たいじ》するとなれば、マオステラは味方に成り得るのだろうか。

「王盾魔術師はエル・クレアというこの森を魔法で抉った魔術師の仲間だ。お前はこれをどう捉える」

王、いわば国の盾となるのが王盾魔術師だ。

そしてマオステラは国の守護神を自称していた。

その利害は一致することになる。

だが、マオステラが言っていた自身の顕現条件。それは『王国に悪意を持った者、またはその配下が森を攻撃した時』だ。

この場合、国の盾となるはずの王盾魔術師が、国の守護神であるマオステラの根城を攻撃したことになる。

その状況下でマオステラはどう動くつもりなのかと、ルーゴは問うている。

「そうじゃな、王盾魔術師はワシの敵ということになるかの」

その答えを聞いて、ルーゴは何もない空へと顔を上げて言う。

「だそうだ、ハルドラ。すまないがお前を泳がせておくのはここまでのようだ」

すると、空からハルドラの声が響き渡った。

『……まさかバレてるとはね。ははは、勘弁してくださいよ、英雄ルークと守護神マオステラを敵に回すだなんて、僕じゃ荷が重いですって』

それは随分とおどけた声だった。

◇◆◇

ハルドラは国の王に仕える王盾魔術師でありながら、その身分を隠して冒険者ギルドに登録している冒険者の一人だ。

優秀な魔術師である彼に上から『アーゼマ村から戻らないロポスとエルの様子を確認して来い』という命令が下された。

それと同時だった。

急遽《きゅうきょ》アーゼマ村へ向かったギルドマスターのラァラから『君の力を貸してくれ』とお願いされたのは。

良い大義名分を得られたと安易に考えたが、今にして思えば初めから罠《わな》だったのだとハルドラは自分の無思慮を鼻で笑う。

ルークとラァラは初めからハルドラが王盾魔術師だと知っていたのだ。

「利用するだけ利用して僕を消すつもりだったんですね。ほんと、勘弁してくださいよ」

ハルドラの隣で倒木に腰を下ろしているラァラにそう告げる。

「消すだって？　あはは、俺がギルドの一員にそんな酷《ひど》いことする訳ないだろう」

「ご冗談を、僕がギルドの一員ではなく、王盾魔術師であるとあなたも知っているでしょうに」

「うん、そうだね。知っているよ」

何か含みのある笑みを浮かべてラァラは頷いていた。

正直、ハルドラは今すぐこの場から逃げ出してしまいたかった。

しかし今はそれが出来ない状況にある。

王の盾となる魔術師の一人に選ばれたハルドラは自身の腕に多少の覚えがある。こんな薄暗い森の中、ラァラ一人くらいであれば逃げ切るのは造作もない。戦いになったとしても負ける気はしない。

だが、ハルドラとラァラの周囲には今、大勢のストナウルフが待機している。

この魔物達がどう動くのか、それが分からないのだ。

とてもじゃないが自由に動ける状態ではない。

「このストナウルフ達、さっきから僕のことじっと見てるんですけど、マスターの方でどうにか出来ないですかね」

「それは無理な相談だ。この子達を従えているのは私じゃあないからね」

「ですよね〜。はぁ、生きた心地がしない」

強力な魔物として知られているこの魔物の一匹はルークに懐いている様子を見せ、その指示に従っていた。しかしその主《あるじ》がルークではないことをハルドラは知っている。

ストナウルフを従えているのは冒険者ギルドの専属薬師、リリムだ。

「まさかあんな田舎娘がストナウルフを従えているだなんて、正直驚きですね」

「おや？　君も気付いていたのかい？」

「ええ、ルーク様がストナウルフに指示を出す時、しきりにリリムさんの名を口にしていましたからね。いくら何も知らない僕でも気付きますよ」

「ははは、そうだね。俺もさっき知ったけど驚いたよ」

「何者なんですかリリムさんは、本当にただの薬師なんですか？」

「ただの薬師だよ。ちょっと面白い子だけどね」

「は、はぁ……」

面白いだけでストナウルフを従えることが出来るのなら、今すぐハルドラは面白可笑《おか》しくおどけてみせるのだが。

リリムが従えていたのは恐らくこのストナウルフの群れの長だ。あれの一鳴きでストナウルフ達はマオスが差し向けた魔物に牙を向けたのだから間違いない。

そんなリリムの住むアーゼマ村を、王盾魔術師ロポス・アルバトスは襲撃してしまった。同じく王盾魔術師であるハルドラは苦笑いしか出来ない。

敵に回しちゃいけない者を敵に回してしまった気がする。

「さてさてハルドラ君、話が逸れてしまったね」

「そうですね、話を戻しましょうか。僕もマスターに聞きたいことがあるので」

「ん、なんだい？」

ラァラがわざとらしい笑みを浮かべたまま首をこてんと倒す。

この女狐《めぎつね》めとハルドラは分かりやすく溜息を溢して小さな仕返しをする。

「いつから僕の正体を知ってました？」

「実は協力者が居てね。その子が色々と教えてくれるんだよ」

「協力者……、ですか」

一体何を目的とした協力関係を結んでいるのかとハルドラは考える。

協力者と言うからにはラァラと共通の目的が必要となる。その共同関係にある者とは王盾魔術師の動きを知れることを考慮するに、王国の中枢に関わる者だ。

「何者か聞いても大丈夫ですか？」

「さっきから質問ばかりだね」

「すみませんね。僕としても今は立ち振る舞いを考えなくちゃいけないので」

「それならなおさらさね、俺だけにお喋《しゃべ》りさせるつもりかい？」

釘《くぎ》を刺されたハルドラは顎に手を当ててしばし思案し、ちょっとした情報をラァラに手渡すことにした。

「先ほどマオスとルーク様が利害関係を結びました。僕を泳がすのはここまでだと。いやはや、ロポスとエルの様子を確認して来いと言われただけなのに、こんなことになるとは」

ハルドラに与えられた任務の内容を伝えると、ラァラは「へぇ」と目を細める。

「僕は神々の一人マオスに敵と認定されてしまいました。そんな神と互角の力を見せたルーク様にも敵と見なされています」

王国を守護する神は複数居る。

聖女にお告げを降ろす女神アラトがその代表格か。他には不死鳥や魔人、そして大精霊などといった神々が王国の者に『加護』と呼ばれる力を降ろしている。

それ故にこの国は神々が住まう地、神王国として諸外国から恐れられているのだ。

そんな神の一人に敵と見定められた、加えてルークにすら敵意を向けられているハルドラの心中は穏やかではない。

「僕はどうしたら良いでしょうかね」

「さあね、それはハルドラ君が決めることだよ。ただ一つ確かなことは、君はこのままだと確実に消されるだろうね。敵と知っていて生かしておく程ルークは甘くない」

「それならエル・クレアはどうしてまだ生きているんですか？　彼女はロポスと共にアーゼマ村を襲撃した筈《はず》ですが」

ハルドラがアーゼマ村を訪れた時点でロポスの影は欠片《かけら》も見つからなかった。

彼の方は死んだと見て間違いはない。エル・クレアの方は昏倒《こんとう》しているものの生かされてはいるみたいだったが。

それがもし、情報をエルから取り出そうとしているなら甘いとしか言えない。

「エル・クレアから情報を取ろうと考えているなら僕は不可能だと断言します」

「ん、どういうことだい？」

ラァラが腕を組んで眉間に皺《しわ》を寄せる。

「それは教えられません」

「なるほどね、交渉という訳か」

何故、エルから情報を得られないのか。

その理由をそう易々と教える訳にはいかない。

英雄ルークやマオスと敵対してしまっている王盾魔術師のハルドラが、生きてこの森を抜け出すのは非常に困難だ。

理由としては、周囲をストナウルフに囲まれていることに加えて、マオスがこの森全域を支配下に置いている可能性があること。

聖域での会話から察するに、こちらが森に足を踏み入れた時点でどこに誰が居るかを把握出来ている可能性もある。

そしていつでも攻撃が可能だ。それはペーシャやリリムが突如として攫《さら》われたことから大いにあり得る。

もう一つの理由として英雄ルークが近くに居ること。

たった一人でルークと敵対することは死を意味する。彼は伊達《だて》にSランクという称号を国から授けられてはいないのだから。

だからハルドラはラァラに交渉する。

自分を生かしておいた方が旨《うま》みがあるぞと。

ただ、そんな安い交渉にラァラが乗ってくれるかが問題だ。

「俺がその交渉に乗って得られる利益は少ないと思うんだけどね」

案の定だ。

妖しい笑みを浮かべたラァラが腕を組んだまま人差し指をハルドラへと向けた。まさか指一本でこちらを殺せると思っているのかとハルドラは苦笑する。

ハルドラは知っているのだ。

ラァラには魔法の才がほとんどないことを。

「マスター、それは流石《さすが》に僕を舐め過ぎ――」

言いかけたハルドラは口を止める。

こちらに視線を向けるラァラの目が赤黒く濁っている。

その目に浮かべる瞳孔は縦に長い形に変貌しており、それはハルドラに竜の眼を彷彿《ほうふつ》とさせた。

頬に冷や汗が流れる。

「ど、どういうことですか。あなたは一体……何者なんですか」

「あはは、さあ何者だろうね。ただ、君を指一本でどうこうするのは簡単さ」

笑うラァラは口元から牙を覗《のぞ》かせた。

人間じゃない。

だが人の姿はしている。だとすれば何かしらの『加護』の能力か。しかしラァラが今見せたような能力なんて聞いたことがない。

「さて、俺はいくら敵だろうと殺しなんてしたくない。ましてや君はギルドマスターの俺がアーゼマ村へ誘致したギルドの一員なんだからね」

ラァラが倒木に掛けた腰をずらして距離を縮めて来る。

「だからハルドラ。お願いを聞いてくれないかな？」

やがてその身がピタリとくっ付きそうな程に距離を近付けたラァラは、ハルドラへ屈託のない笑顔を見せた。

「君も俺の協力者になってくれよ」

言ってラァラがこちらの手を取った。

不気味な程冷たいその手がハルドラの背筋に悪寒を走らせる。

赤黒いラァラの眼がハルドラを一点に見つめて離さない。

「お願いですって？　はは、僕にはまるで脅しの様に聞こえたんですけどね」

どうもラァラはこちらの是非を問うつもりは無いらしい。

状況的に考えてもハルドラに拒否権は微塵《みじん》もない。

隠す気もない巨大な魔力がここに近付いて来ているからだ。

ルークとマオスが聖域から脱したのだろう。こちらへ一直線に向かって来ている。

「はぁ……分かりましたよ。僕もまだ死にたくありませんからね」

「あはは、良い返事だ」

溜息交じりにハルドラが了承すれば、ラァラは牙を見せて再び笑っていた。

◇◆◇

ロポスとエルの様子を確認するという任務を終え、アーゼマ村から王都へ帰還したハルドラは、『聖塔』と呼ばれる巨大な建造物へと足を運んでいた。

王都の中心に聳《そび》え立つ聖塔の最上階には、この国の王が居る神王の間が存在するが、今回足を向ける先はそこではない。

塔の中心に仰々しく設置されている魔法陣に魔力を込めれば視界が暗転し、ハルドラは目的地まで転送される。

『ハルドラ、王都へ戻ったらある所へ向かって欲しいんだ。そこに俺の協力者が居る。もちろんこの事は誰にも言っちゃいけないよ』

ラァラからそう告げられ、ハルドラが向かった先は王盾魔術師団の本部だ。

転送を終えて辿り着いた広場を後にし、無駄に細部まで装飾が施された壁面が続く廊下を歩いて行けば一枚の扉が見えて来る。

三回程ノックをすれば、中から少女の声が聞こえて来た。

「今忙しいから後にしてくれなぁい～？」

扉の先は王盾魔術師の長、賢者オルトラムの私室だ。

にもかかわらず、扉の奥からはオルトラムの皺枯れた声ではなく、代わりとばかりに気の抜ける様な少女の声が聞こえて来る。

オルトラムは現在、公務に出ている。

それを知っているからこそハルドラはオルトラムの私室を訪ねたのだ。

「アラウメルテ様、あなた様の好物をお持ちしましたよ。なんでもマスターがご贔屓《ひいき》にと」

「あらぁ、ほんとぉ？　じゃあ開けてあげるわぁ～」

てってって、と扉の奥から軽い足音が返事と共に聞こえてくる。

「ふ～ん。あんたがラァラの新しい協力者って訳ねぇ。よろしくね」

扉を開けた黒髪の少女がにこりとハルドラへ笑みを作ったので、ハルドラも笑みを返し、頭を垂れて丁寧に一礼する。

「ハルドラです。アラウメルテ様、どうぞよろしくお願いします」

「ふぅ～ん、ハルドラねぇ……」

精霊アラウメルテ。

代々と賢者の間で受け継がれる『大精霊の加護』によって生み出された精霊。そしてSランク冒険者ルークの元パーティメンバーの一人。

彼女が王盾魔術師の裏切り者、ひいてはラァラの協力者だった。

「立ち話もなんだしねぇ～、ほら、入って入ってぇ」

室内へ通されたハルドラは、アラウメルテに案内されるままに椅子へ腰を下ろした。

テーブルを挟んだ対面でアラウメルテも椅子に座る。

「お茶でもしましょうよ。ハルドラは何が好みかしらぁ？」

片手で頬杖《ほおづえ》を突いたアラウメルテが指を弾《はじ》けば、ポポポンという軽い音と共に空中に数々のティーケトルが出現する。

併せて出て来た二つのカップが二人の前へ独りでに置かれると、ハルドラの周囲にケトル達がふわふわと漂い始めた。選べということだろう。

「毒とかは入ってないから、安心して好きなの選んでねぇ」

「そうですか、では確認を」

「ちょっと～、本当だってばぁ」

指を振るってハルドラは【解析魔法】を行使する。

確かにやましい物は入ってないようだと、ようやくケトルを選び始めた。

「出来れば甘くないのが好きなんですがね」

「あらそう、じゃあミルクティーが私のおススメよぉ。お砂糖たっぷりのねぇ」

「選ばせる気ないんですね」

ハルドラのカップに問答無用でミルクティーが注がれる。

そしてどこから現れたのか角砂糖がこれまた問答無用に放り込まれれば、独りでに動くスプーンがかちゃかちゃとカップをかき回す。

アラウメルテはフルーツティーを選んだようだ。

こちらにまで果実の甘ったるい香りが漂ってくる。

「う～ん、美味《おい》しいわぁ～。流石は私の魔法ねぇ」

ご満悦とカップに口を付けながらアラウメルテが指を再び弾けば、役目を終えたケトル達が姿を消していく。

「それで、エルちゃんとロポスはどうだったのかしらぁ？」

カップから口を離し、弾いた指先をそのままハルドラへ向けた。

「何故、それを僕に聞くのですか？」

二人の様子を確認して来いとハルドラに任を言い渡したのはオルトラムだ。

アラウメルテとのお茶会とやらが終われば、ハルドラはすぐにオルトラムのもとへ調査の報告に向かうつもりだ。ロポスは死に、エルは囚《とら》われの身となっていると。

だからハルドラは不思議に思うのだ。

「直接、オルトラム様に聞けば良いじゃないですか」

アラウメルテという精霊がオルトラムとべったりなのは、王盾魔術師団内だけでなく王都中の者

達が知るところだ。

彼女がオルトラムの私室に我が物顔で居座っているのが良い証拠だろう。

ふと周囲を見渡せば室内のありとあらゆる所にアラウメルテの趣味が表れている。一面ピンク一色の壁に掛けられた棚には、可愛《かわい》らしい人形達がこれでもかと並べられていた。

ハルドラが今腰を掛けている椅子も、目の前のテーブルも、何もかもがピンク色で少々目が痛くなってくる。こんな部屋で暮らしているオルトラムにも同情心が芽生えてくる。

アラウメルテはここまで人の私室で好き勝手にやりたい放題やっているのだ。ハルドラの調査結果も好き勝手とオルトラムに聞けば良いだけはないだろうか。

「この任務にアラウメルテ様は携わっておりません。一応ですが機密扱いにはなりますので僕の口からは詳細を語ることは出来ませんね」

などとハルドラが建前を並べればアラウメルテは面白くなさそうに頬を膨らませていた。

「それじゃあ協力関係にならないじゃないのぉ～」

そう言われてもなとハルドラは苦笑する。

半ば脅される形でラァラの協力者にはなったが、アラウメルテの味方になったつもりは全く無い。

それにラァラからは『余計な事はぺらぺら喋らないでね』と忠告されている。

「マスターからは必要な事を伝えるだけで良いと言われてましてね。今回、あなた様のもとに足を運んだのは、軽い自己紹介の為です」

「ふ〜ん、まあ良いわ。仲良しごっこしてる訳でもないしねぇ。でも一つだけ聞かせてくれるぅ？」

カップの中身を全て飲み干したアラウメルテが、おかわりを注ぎながらハルドラへ問う。

「どうしてラァラに協力しようって思ったのぉ？」

その問いに対しての返答は既にハルドラは用意してある。

「共感したからです」

こちらも建前だ。

とは言え、ハルドラはこの協力関係を結ぶ際に、ラァラが何故アラウメルテと手を結んでいるのか、その理由を聞かされている。

何でも国をもっと良くしたいのだとか。

端から聞けば随分と立派な考えをお持ちですねと鼻で笑ってしまうところだが、今現在の王国を見ていれば笑い話には到底出来ない。

何故なら王国はルーク・オットハイドを謀殺した。

強力な魔物、国内の犯罪者、または危険な思想を持つ組織。それらに対する強い抑止力となっていたのがルークの存在である。

彼が王国側に居る、それだけを理由に大人しくしていた者は多いだろう。

そんなルークを自らの手で消し、あまつさえその影響で活性化している魔物等を王国の上層部はほとんど放置している。王国の兵士達すら積極的に動かそうとしていない。

魔物や犯罪を犯して賞金首となった者への対処に追われる冒険者ギルド、そのマスターであるファラは相当頭を抱えていることだろう。

国を良くしたい、なんて酷く漠然としたことを宣《のたま》ったファラの心中に同情してしまったのは本音だ。

「国はルーク様を消しましたね。それはアラウメルテ様もご存じでしょう？」

「もちろん当事者だからねぇ」

「その結果、魔物は活性化しております。国はそれらを積極的に対処しようとしていない。ギルドに任せっきりです。善意で聖女リーシャ様を筆頭とするアラト聖教会の者達も動いてくれていますが全く人手が足りません」

魔物の活性化によって人が多く死んでいる。

それに加えて行方不明者の数も増加している。こちらに関しては完全に王国の悪意が働いていると言えるだろう。

もちろん魔物に食い散らかされて所在不明となった者も居るだろうが、王国は王盾魔術師に国民の拉致を命じているのだ。

今回、ロポスがエルを連れてアーゼマ村を襲撃したのがそれだ。

「王国はどうしてかルーク様のみならず国民を次々に害している。アラウメルテ様はこれらの真意を知っていますか？」

王盾魔術師であるハルドラさえその理由を知らない。

恐らくはオルトラムを含めたほんの僅かな者にしか知らされていないのだろう。どんな理由があろうともルークを暗殺し、国民を傷付けては反発を招く。

オルトラムと近しいアラウメルテなら何か知っているかも知れないとハルドラは問うてみたが、

「ううん、知らないわぁ」

と、首を横に振られてしまった。

「だからラァラと一緒に陰でコソコソ動き回っているのよぉ。私だって今の王国の現状には嘆いているんだからねぇ」

「ルーク様を殺した実行犯がそれを言いますか」

「ハルドラだって王盾魔術師なら後ろ暗い事の一つや二つはしているでしょう?」

「そう……、ですね」

指摘されて口ごもればアラウメルテはカップに口を付けながら得意気に笑みを浮かべていた。立場に違いはあれど同じ穴の狢《むじな》ということだろう。

王を、ひいては国を守る為という体裁で人を殺すなど王盾魔術師にとっては日常茶飯事だ。

ハルドラもその手を血で汚した事が無い訳ではない。

それに身分を偽って冒険者ギルドに席を置いているのだ。

アラウメルテと手を組んで密謀を巡らせているラァラの企てが露呈すれば、彼女を消す命令はハルドラが任されることになるだろう。

それこそオルトラムにこのことを密告すれば、すぐにでもラァラは消されるだろう。

ただ、ハルドラに密告する気はさらさら無い。

何故なら王盾魔術師は王を国を守る為の組織だからだ。

その一員であるハルドラにもその志はある。

ラァラを消せばルークが何をしでかしてくれるか分からない。

聖域でのマオスとの戦いを見ていたハルドラには分かるのだ。ルークは本当に一人で国を滅ぼしかねない力を持っている。

皮肉にもルークはその力を国に危険視されて殺されかけてしまった訳なのだが、ルークが生存していることを目の前の精霊は知りもしないだろう。

だからアラウメルテはこんなことを言いだすのだろう。

「私だって、ルークの事は本当に残念だったと思うわぁ。私が事を知った時には既に歯止めが利かない状態だったのよぉ。止められるものなら止めていたわぁ」

なんて哀愁を表情に漂わせて溜息を溢していた。

顔に映すその感情が嘘《うそ》か本当かはハルドラの知る所ではない。だが、ラァラはアラウメルテを少なからず疑っていることは確かなようだった。

でなければ余計な事をぺらぺら喋るなとハルドラに口止めはしなかっただろう。そこにはルークが生存している事実も含まれる。

「まあ確かに残念ですがどうでも良いことですね。ルーク様の話はまた後日としましょう」

「どうでも良いって酷いわねぇ」

「すみませんね。出来れば早急に用件を済ませてここを立ち去りたいので。なにせここはオルトラム様の私室ですからね。こんな会話をしていると知られれば僕もただじゃあ済まない」

「大丈夫よぉ。私もそこまで馬鹿じゃあないわぁ。ちゃんと対策はしてるわぁ」

一体どんな対策をとっているかは知れないがそうでなければ困る。ハルドラも最低限、盗聴などが無いことを魔法で確認はしているが。

「では話を進めましょうか。アラウメルテ様は僕に何か用件があるのでしょう？　わざわざ茶を振舞ったからには」

差し出されたカップに注がれたミルクティーを飲み干してハルドラは伺いを立てた。

アラウメルテはどうでも良いとして、ラァラに協力するのはやぶさかではないとハルドラは考えている。

今の国の現状を良く思っていない者は多いだろう。ハルドラもその内の一人だ。何か自分に出来ることがあるのなら積極的に取り組んでいきたい。

だが、ラァラやアラウメルテに協力する事は一歩間違えば反逆罪だ。いや、片足は確実に突っ込んでいるに違いない。

ハルドラの手にしたカップが空になった事を確認したアラウメルテは、ほんのりと口角に笑みを作っていた。

「そうねぇ。さっそくだけど頼み事があるのよぉ。ハルドラがさっきも言っていた通り王国の上層部の様子が最近おかしいのよねぇ。それはオルトラム様に関係することなのよぉ」

「と言いますと、頼み事とやらはオルトラム様に関係することですか？」

「一割くらいかしらねぇ。あとは私の私情かなぁ」

「要領を得ませんね。オルトラム様も随分と苦労されていそうだ」

「ふふっ、よく言われるわぁ」

やたらともったいぶった言い方をするアラウメルテに皮肉を言っても、分かっているのかそうではないのかへらへらとカップに口を付けていた。

「私、アーゼマ村に行きたいのよぉ。アーゼマ村帰りのハルドラに案内して欲しいなぁ」

「嫌です、とは言わせて貰《もら》えなさそうですね」

「当たり前でしょぅ。私、一応ハルドラの上司だからね～」

「いつから僕の上司になったんですか。それで、あの村に行って何をするつもりですか」

正直なところアーゼマ村に近付いて欲しくはない。

この村にはルーゴという用心棒に扮《ふん》したルークが居るのだ。

殺し、殺された元仲間の歪《いびつ》な関係。この二人が出会ってしまえばどんな化学反応が起きるか分かったもんではない。確実に面倒事が起きる気がする。

そんなハルドラの憂いなどお構いなしにアラウメルテは話を進める。

「まずはエルちゃんの回収ねぇ。捕まったままなんでしょう？」

「エルさんをですか？　あの子は一応冒険者なので、村に滞在しているマスターに任せておいた方が良いんじゃないですか？」

「何言ってるのよぉ。エルちゃんはオルトラムの弟子なのよぅ？」

「ああ、なるほど。それが先ほどの一割なんですね」

「その通りぃ」

オルトラムに関係することの一割がエル・クレアを連れ戻すことか。

恐らくは連れて帰って来てくれと頼まれたのだろう。

ただ、疑問は出て来る。

「確認したいのですが、オルトラム様は僕に『エルの様子を確かめて来い』と言っていたのに、その報告を待たずアラウメルテ様にエルさんを連れ帰ってくれとお願いして来たんですか？」

ハルドラの問いを受けて、へらへらとしていたアラウメルテから表情が消える。

「……ハルドラに関係あるぅ？」

「いえ、何でもありません。今のは忘れてください」

「ふふ、それで良いのよ」

質問を撤回すれば、アラウメルテが再び機嫌を直す。

ハルドラとしてはまだまだ聞きたいことがあったのだが、これ以上藪《やぶ》を突《つつ》けば蛇が出て来そうだと判断した。

例えればこの部屋にもう一人、アラウメルテとハルドラ以外に別の誰かの気配がする。

寝室だろうか、それは奥の部屋に居る。オルトラムではないことはハルドラにも分かったが。

こちらもあえて尋ねない方が今に限っては身の為だろう。

ひとまずアラウメルテの矢印はエル・クレアに向いているようなので、ルークと出合い頭に化学反応を起こすことはなさそうだなとハルドラは安心してカップに口を付けた。

「そうそう、あともう一つはねぇ、アーゼマ村に居るルーゴって人が気になるのよぅ」

ハルドラはミルクティーを吹き出した。

「ちょっ!? なによぅ！ 私、何か可笑しいこと言ったぁ!?」

「いえいえ、すみません。ちょっと変な所に入りまして……ごほっ、ゴホッ！」

ハルドラは誤魔化すように懐からハンカチを取り出し、汚してしまったテーブルを慌てた様子で綺麗《きれい》にする。

「あ、アラウメルテ様はルーゴさんに興味があるんですか？」

「ルーゴさん？ さん付けするだなんて面識があるのかしらぁ？」

動揺したせいか口を滑らせてしまったようだ。

アラウメルテは丁度良いと上機嫌に両手を合わせる。

「ねぇハルドラ？　私にルーゴって人を紹介してぇ？」

「拒否権はないのでしょう？」

「うん、そうねぇ」

「どうしてまたルーゴさんを……、何か理由でも？」

「あるわよぅ？　大事な理由がねぇ」

またしてももったいぶった言い方に、アラウメルテはどこか妖しい笑みを付け加える。

視線は真っ直《ま》ぐ《す》ハルドラの目に向けられており、まるでこちらの反応を確かめるような素振りだった。

何か良からぬことを企《たくら》んでいるとハルドラは直感する。

「噂《うわさ》で聞いたのだけどねぇ、ルーゴって人はすっごく強いらしいじゃない？」

「そうですね、ジャイアントデスワームを剣一本で真っ二つにしたと、ギルドの調査員ルルウェルが言っていましたね」

「そんな強い男が素顔を隠しているって、どういうことなのかしらねぇ」

「さぁ？」

ハルドラはあくまで表情に出さないように徹する。面倒事の気配がする。

「気になるわよねぇ、ハルドラもそう思うでしょう？」

「そこまでですかね。別に誰であろうと僕には関係ないですから」

「あらそう、つまんない人ねぇ」

そう愚痴を溢しながらカップに口を付けるアラウメルテ。

残り少なくなったフルーツティーを飲み干したかと思えば、「じゃあこっちはハルドラも気になるんじゃない？」と言って、空になったカップをテーブルの上に置いた。

「エルちゃんが捕まったのなら、それはたぶんルーゴって人の仕業よねぇ。それはもう派手に闘ったんじゃない？」

「でしょうね」

「ルーゴって人は村の用心棒なのよねぇ。それなら戦場にするのは近くにあるマオス大森林を選ぶ筈よねぇ。そうでなくても、無理やり誘導すると思うのよぅ」

「アラウメルテ様、またいつもの癖が出てますよ」

もったいぶった言い方。何が言いたいのだろうか。

ハルドラは僅かに警戒すると、アラウメルテは少し間を置いた後にこう言った。

「マオス、居るんじゃない？」

黄色い花を目的としたマオス大森林の攻略、それに挑むリリムやルーゴ達《たち》が一番恐れていたことはマオス――マオステラという神が妨害してくるかも知れないという懸念だった。

実際に彼女はこちらに攻撃を仕掛けて来たが、ルーゴがマオステラとの決着を付けてくれたので、リリム達は黄色い花の採取に成功した。

この花自体は一度採取したことがあり、崖地に生息しているということも知っている為《ため》、何もなければ採取自体は容易だったりする。

これで村長達を元に戻すことが出来ると、ようやくアーゼマ村へ帰還したリリムは胸のつかえを取り除く様にして息をついた。

時刻は既に夕暮れを迎えようとしている。

かなり長い間マオス大森林に潜っていたらしい。

体がぐったりと重い気がする。

リリムは自宅に帰ったらもうこのままベッドに飛び込みたい気分だった。

「リリム、今日は苦労をかけてしまったな。すまない、後は俺達に任せて休んでてくれ」

「すみませんルーゴさん、今日はお言葉に甘えちゃいますね」

田舎の村娘、それも診療所で薬師をやっているリリムに体力など全くない。それとは真逆でマオステラと事を構えたルーゴはいつも通りピンピンとしていた。

ただし、いつも被《かぶ》っていた真っ黒兜《かぶと》はマオステラに砕かれてしまったようで、今は目元に穴を開けた大き目の革袋を被っている。応急処置としてハルドラから貰《もら》ったらしい。

兜を被っていた時も不審者だなとリリムは思っていたが、今はもう完全に危ない人になってしまっていた。

「あの……ルーゴさん、兜の方は大丈夫なんですか？」

ルーゴが腰に付けている袋には、バラバラになってしまった兜の破片が入っている。わざわざ集めたからには直すことが出来るということなのだろうか。

「ああ、この兜はあとで元に戻せるから心配は要らない」

「ここまでバラバラになってるのに直せるものなんですね」

「そういう兜だ」

どういう兜だよ、とリリムは言いたくなったがぐっと堪《こら》えることにした。

それ以上に言いたい、聞きたいことが山ほどあるのだ。この男には。

「あの……、その、ルーゴさん。あのですね、私、その……えっとぉ」

「なんだ？」

「見ちゃいましてですね……」

ルーゴの兜が砕かれた時、咄嗟《とっさ》にストナの足を止めてしまった。

やましい気持ちがあった訳ではない。単純に心配したのだ。

それが原因で、兜の下に隠されていたルーゴの素顔を見てしまった。

近くで見たことは一度もない。

だが、赤髪に深紅の目を持った人間をリリムは一人しか知らない。

あの異常な実力も合わされば、該当する者はなおのこと一人しか思い浮かばない。

ルーク・オットハイドだ。

「ルーゴさんの素顔を、見ちゃいました」

「……ああ」

ルーゴが困ったように革袋の上から頬を掻《か》いている。

その仕草は彼が本当に困った時に見せる癖だ。

暗にリリムの推測を事実だと認めている。

「…………」

お互いにどこか息苦しい間が流れる。

ルーゴが今何を考えているのかは分からない。

リリムは今まで自分がルーゴ《ルーク》に向けた言動を思い返していた。

それは初めてルーゴと一緒に『巨大樹の森』へ出掛けた時のこと。

あの時リリムが英雄ルークの名をふいに出すと、ルーゴが意味深な反応を見せたのだ。だからリリムはSランク冒険者として活躍したルークの英雄譚《たん》を聞かせてあげたのだ。

更には調子に乗ってこんなことも言ってしまった。


（一度で良いから間近でお会いしてみたかったです）


なんて。

隣に居たじゃねーか。

あまりの恥ずかしさにリリムの顔面がカァ～と赤くなる。

「どうしたリリム、どうして顔を真っ赤にしているんだ。まさかまた調子が悪いのか？」

「違います、違います。やめてください、その話は本当にやめてください」

調子が悪いのかと聞かれてまたも思い出してしまう。

以前、魔力超過になってしまった時、看病に来てくれたルーゴに思いっきり甘えてしまったのだ。

安心するからと言って手なんか繋《つな》いだりしちゃったりして。

「リリム？　どんどん顔が赤くなっているぞ。本当に大丈夫なのか？」

ロカの実を切らしてしまい、少しばかり暴走気味になった時は、自分の方からマナドレインなんかせがんだりしてしまった。

あのルーク・オットハイドに。

「リリム、顔がトマトになってるぞ」

「はひゃ?」

「なんだその声は」

ああ、この場合はなんて言えば良いのだろうか。

リリムの頭の中にはこの状況に適した言葉は記録されていない。

そもそも死んだ筈《はず》の英雄が実は隣に居ましたなんて状況が、そうそうあって堪《たま》るかという話なのだが。

「あ、あの～、ひぃぃ～……」

なんてしどろもどろとしていれば、

「おやおや、今日はお疲れのようだねリリム君。もう休ませてあげた方が良いかな」

急にルーゴとリリムの間に割り込んで来たラァラが助け舟を寄越《よこ》してくれた。

「ただでさえリリム君はルーゴや俺達とは違って冒険に慣れてないんだからね。顔色が急にトマトになってしまってもおかしくはないさ」

「そ、そうですね。うん、そうなんです。ラァラさんもあまり無理はしないでくださいね」

「俺は平気さ。伊達《だて》で冒険者をやっている訳じゃあないからね」

なんて自信あり気に二の腕に力を込めてラァラは小さく笑っていた。残念ながらその細い腕に力こぶなど微塵《みじん》も見当たらなかったが。

いくら冒険慣れした冒険者とはいえ、同じ女性であるラァラもルーゴ同様ピンピンとしているのはどういうことなのだろうか。

彼女の背丈体格はリリムとそう変わらない筈なのだが、あの体のどこにそんな体力があるのかリリムは不思議でたまらない。

「さてさて、黄色い花も手に入れたし、俺は本格的に錬金術の準備に取り掛かるかな。ルーゴ、もちろん君も手伝ってくれるだろ？」

「ああ。俺に出来ることがあるなら何でも言ってくれ」

「ようし、今夜は徹夜になるよ。じゃあリリム君、また明日ね」

意気込んだラァラがルーゴの手を引いてリリムのもとを後にする。

向かう先は杖《つえ》に変えられた者達が安置されている村長宅だ。

ラァラは冒険者であると同時に錬金術師でもある。

どうやら持前の錬金術を使って村長達を元に戻してくれるらしい。

何をどうするのか、それは錬金術のれの字も知らないリリムには全く分からないが、ひとまず彼女に任せておけば安心だろう。だからこそルーゴは彼女をアーゼマ村へ招いたのだ。

「……ルーゴさん」

ラァラに連行されて行くルーゴの背に、リリムはぽつりと呼びかけた。

それに気づいたルーゴは連れてかれるままにこちらへと振り向く。

「いつでも良いので、お話聞かせてくださいね」

小さくそう言うと、ルーゴは無言のままコクリと頷《うなず》いた。

今はそれで良い。

リリムもルーゴと同じく、自身の正体を隠していた者同士だ。

彼がその話をする気になるまで、大人しく待っていよう。

リリムはそう思った。

「ふむふむ、乙女の純情か。聞きたいことがあっても聞けぬその気持ち、ワシには分かるぞ」

「うわっ!? な、なんですか急に!」

背後を付いて来ていた大型の狼《おおかみ》。ストナウルフのストナちゃんの背に乗っていた小さな影が、眠た気な目を擦《こす》りながら起き上がる。

「乙女の純情だなんて、てきとうなこと言わないでください、マオステラさん」

「ワシにもそういう時代があったの。良きかな、見てるだけで若返ってくるでな」

なんて年寄り臭いことを言うその影はマオス大森林を創ったと言われる神様、マオステラだ。

彼女はどうやら同族であるシルフが住むというアーゼマ村に興味を持ったらしく、ちょっと連れて行ってくれとリリム達に頼んで来た。

いきなり襲い掛かって来た分からず屋の神様を招き入れるのはリリムもどうかと思ったが、ルーゴは『絶対に暴れるなよ』という条件を付けてこれを承諾し、マオステラは晴れてアーゼマ村の中に入ることが許された。

「それにしてもここはどういう村なんじゃ。シルフ達はちらほら見えるが、それ以上にゴーレムが我が物顔で村中を闊歩《かっぽ》しているではないか！」

上を見上げれば灰色のグラビティゴーレムが空を自由に飛び回っている。

初見のマオステラの目には奇怪な村に映ることだろう。

リリムもそう思う。だがこれには訳があるのだ。

「あれは村を防衛する為のゴーレムさんなんですよ。ルーゴさんが作ってくれたんです」

「確かにゴーレムは強いからの。理に適《かな》っているが、のどかな村の風景には些《いささ》か馴染《なじ》まぬな」

リリムもそう思う。

どうやら馬が合うようだ、仲良くなれる気がする。

「だが俄然《がぜん》、興味が湧いてくる村じゃなここは！　探索のし甲斐《がい》があるの！　ゆくんじゃストトナ！　出発進行！」

『ウォフっ……』

マオステラが意気揚々とストナに命令する。しかし乗り気ではないストナにあえなく無視される。

ストナは前を歩くリリムの後ろを大人しく付いて行くばかりであった。

「こら！　お前は本当に言うことを聞かぬな！　ワシを誰だと思っておる！」

『ワン』

「わんじゃない！」

「ストナちゃんは賢いのでちゃんと神様だって理解してますよ。でもそれ以上に私に懐いているので、私の言うことが最優先なんですよ。ね～？　ストナちゃん」

『ワンワンッ！』

リリムが手の平を差し出すと、ストナが機嫌良さそうに尻尾を振りながらお手をする。

マオステラはストナの上で「ワシ神様なのに」と言いながら頭を抱えていた。リリムはなんだか気分が良かった。

「それにマオステラさん、今日はもう遅いので村の案内は別の日にしましょう」

「う～む、それもそうじゃの」

「あれ、今回は随分と聞き分けが良いですね」

「何を言うか小娘、ワシを子供扱いしとるか」

「い、いえ、そんなことはないのですが」

森では初めからぷんぷんとした様子で全くこちらの言い分に耳を貸さなかった彼女だが、落ち着いている時はそうでもないらしい。

ついつい子供扱いしてしまったのはその小さな見た目のせいだ。

神様を自称しているものの、シルフにある羽がないせいもあって人間の子供にしか見えない。

「次にワシを子供扱いすれば神罰を下すぞ」

「あなたが言うとシャレにならないのでやめてください」

などと下らないやり取りをしながら歩を進めていれば、いつの間にかリリムの自宅兼診療所の近くまで来ていたようだ。

少し先に見える診療所の入り口で待機していたガラムが、小さくこちらに手を振っている。

「ようリリム。遅かったな」

「すみません、ただいまですガラムさん」

彼はBランク冒険者の実力者なので、ルーゴに診療所周辺の警らを任されていた。

ロポスの仲間がエルの口封じに来るのではないかと懸念したからだ。

衣服に汚れ一つも見当たらないガラムの様子を見れば杞憂《きゆう》だったのかも知れないが。

「それで、黄色い花とやらは採取出来たのか？」

「はい、ばっちりですよ」

「そっか、そりゃ良かったな」

「ガラムさんの方は変わったことはありましたか？」

「無いぜ。ん、いやあるな。それも現在進行形で」

問題大ありだと言いた気にガラムがリリムの背後、そこに佇《たたず》むストナウルフを指で差し示した。

確かに事情を知らなければ警戒するよなとリリムはガラムに説明する。

「前に話した私の使役獣ですよ。ストナウルフのストナちゃんです」

「まじかよ。あれ本当だったんだな」

「まさか嘘《うそ》だと思ってたんですか？」

リリムがむっとすれば、ガラムが両手を振って弁明する。

「いやいや、嘘だと思った訳じゃねえよ。ただ、ちょっとびっくりしただけだって」

ガラムが冷や汗を流しながら「いや本当びっくりするわ」とストナを横目にする。

いつでも剣を取れるよう柄《つか》に手を置いているのでストナを相当警戒しているらしい。

リリムは自分も最初はストナウルフの牙を見て、大げさに怯《おび》えていたものだと感慨深くなってしまった。

「ルーゴの旦那は化け物だけどよ、ストナウルフを従えたリリムも化け物に一歩足を踏み入れてる感じがあるな」

「嫌な言い方ですね」

剣を一振りしただけで岩を斬り裂く化け物に言われたくはないとリリムは思った。

「ルーゴの旦那とラァラさんはどうしたんだ？　もう帰っちまったのか？」

「はい、村長の家でさっそく錬金術に取り掛かるそうです」

「まじかよ。マオス大森林から帰ったばかりなのに、まだそんなに元気あんのか。そっちもそっちで化け物だな」

「あの二人はまあ、そうですね」

「ハルドラもか？」

「いえ、ハルドラさんは――」

冒険者ギルドの学者を自称していた彼は、リリム達がラァラ達と合流した後すぐに用事があると言って、あろうことか森の中で別行動を取ることになった。

それをガラムに伝えると「あいつも化け物だな」と苦笑していた。

「それで、ストナウルフの背に乗ってる嬢ちゃんは何者だ？　見たところそこらのガキじゃねぇな」

ガラムは流石《さすが》はBランクともあって、マオステラが何者かは知らずとも内包する実力はお見通しらしい。

ちなみにリリムは見ただけで実力なんて分からない。

「流石っすねガラムさん、このペーシャの実力を見抜くとは」

「おめぇさんには言ってねぇよ」

マオステラと共にストナの背に揺られて寝ていたペーシャが、うとうとしながら戯言《たわごと》を抜かしていた。まだ夢の中に居るらしい。

「ほう、人間。ワシが何に見えると言う気じゃ？」

「いや最初はシルフかと思ったけどよ。羽はねぇようだし……分からねぇな」

剣からは未《いま》だ手を離さずにガラムが難しそうな顔で小首を傾《かし》げる。

するとマオステラは自信満々と胸に手を当てて鼻高々に宣言する。

「ワシは王国の守護神にして元妖精王！　マオスことマオステラじゃ！」

と、丁度その時だ。

「あら、リリムとペーシャじゃない。おかえりなさ――」

玄関先の騒ぎを聞きつけたのか、エルの看護の為に診療所にてお留守番していたティーミアが扉を開けて姿を現す。

そして小さく呟《つぶや》いた。

「マオス……マオス様？」

まるで幼児の様に目を点にしたティーミアが、その視線をマオステラ一点に向ける。

ティーミアは現妖精王なのでマオステラの気配――その正体を正確に感じ取れるようだ。

「リリム！　ペーシャ！　村を挙げてマオス様降臨祭を開くわよッ！」

「落ち着いてくださいティーミア！」

何やら慌てた様子でどこかへ飛び立とうとしたティーミアをリリムは羽交い締めにした。

「ちょちょ、何言っているんですか！　駄目ですよ！」

「良いじゃない、盛大に歓迎したって。マオス様はあたし達のご先祖様なのよ？」

「それはせめて村長達が元に戻ってからにしませんか？　今のアーゼマ村は村長様とシルフの長ティーミアあってのアーゼマ村なんですから」

リリムが出迎える態勢が整っていないということを告げれば、ティーミアは「わ、分かったわよ」としぶしぶ了承してくれた。

アーゼマ村の住民は『人間』と『シルフ』という異種族が入り混じる村なのだ。片方の長が欠けた状態では気持ちよく祭りも開けないだろう。

「ふぅむ、なんだか大変な時に来てしまったみたいじゃのう」

リリムの口ぶりからマオステラは状況を察したみたいだった。

一応、彼女にはアーゼマ村がロポスという魔術師に襲撃され、数人の村人が魔法の犠牲になってしまったことをルーゴやリリムが伝えている。そしてエル・クレアのことも。

「これティーミアとやら。ワシを歓迎してくれるのは良いが、今日のところは大人しくしていよう。その心遣いだけでも満足じゃぞ。それと、ワシの本当の名はマオステラじゃ。間違えるでない」

「じゃ、じゃああたしが精一杯おもてなしするから、マオス様はどうぞ中へ！」

「だからマオステラじゃ！」

あせあせとティーミアがマオステラの手を引く。

おもてなしと言っても、診療所には漢方や薬の類しかないのだが何をするつもりなのだろうか。

「私は疲れたので、もう休みたいっす」

「ペーシャはとりあえず体洗って来なさいな、土臭いわよ。マオステラ様の神聖な香りに移ったらどうするのよ」

「うおおお辛辣な言い方！」

「神聖な香りって何じゃ」

ペーシャを交えたシルフの三人がわいわいがやがやと診療所の奥へと消えて行った。

見た目も背丈も子供みたいなシルフ達のそんな姿は見ていると微笑《ほほえ》ましく思えてくる。

だが、マオステラは神様なのでティーミアやペーシャと同じ目では見られない。そもそも年齢はいくつなのだろうか。若々しいがワシと言ってるからにはお婆《ばあ》ちゃんなのかも知れない。

「百は超えてそうですねぇ。大穴で千歳とか……」

『ウォン！』

「あ、ストナちゃん。どうかしましたか？」

リリムがマオステラの年齢を勝手に想像していると、背後からストナに呼びかけられた。

振り返ればくりくりとした瞳と目が合い、知らずしてリリムの目尻がだらしなく下がってくる。

「ストナちゃ～ん、今日はペーシャちゃん達を運んでくれてありがとうございます」

お礼を述べてリリムがストナの頭を撫《な》でてあげれば、もっともっとと頭をすり寄せて来る。

「……ッ」

あまりの愛くるしさに思わずリリムの胸の中に支配欲が沸き立ってくる。

もうこのままペットにしてしまおうかと。

「リリム、今すげぇ顔してたぞ」

「すげぇ顔ってなんですか。やめてくださいよ、ペットにしたいなぁって思っただけですって」

隣でリリム達の様子を眺めていたガラムが表情を引き攣《つ》らせていた。すげぇ顔とは一体どんな顔なのかは分からないが、リリムは照れ臭そうに口元を隠す。

「ストナちゃん、私のペットになりませんか？」

ストナと出会ったのはマオス大森林の奥地へ初めて踏み込んだ時だ。

別れ際にルーゴからは次に出会った時は注意しろと言われてしまったが、ストナはリリムのことを覚えてくれていた。

そんなストナにただならぬ愛着心を持ってしまったリリムは、ペットにならないかと提案してみるも、

『ウォンッ』

「あ、あれ？　ストナちゃん？」

ストナは村の出口へと足を向けてしまった。

そうだ、とリリムは思い出す。

ストナと再会した時、彼は複数ストナウルフを連れていたのだ。

ストナには既に帰る所があるのだろう。ここに縛り付ける訳にはいかない。

「分かりました。また、どこかで」

『ウォンッ！』

別れの挨拶とストナはリリムに一鳴きして、その場を後にした。

冒険者に恐れられる魔物だけあって、一度跳躍しただけでその後ろ姿が一瞬にして消え失《う》せてしまう。

「元気でね」

リリムも別れを告げる。

ガラムはリリムとストナが繰り広げた光景を見て、なんとなくむず痒《がゆ》くなったのだろう。リリムの肩にぽんと手を置いて『またいつか会えるさ』と乙に澄まして気取っていた。

「今生の別れじゃないんだ、きっとまた……ってうわぁ!? どうしたリリム！　今すげぇ顔してるぞ!?」

「だって、だってぇ……」

「お前さんそんなに涙脆《なみだもろ》かったのか……」

ストナとのお別れに耐えられなかったリリムの涙腺が崩壊し、涙がボロボロとこぼれて止まらない。リーシャに命を狙われた時でさえこんなに泣かなかった気がする。

こんな所でずっと泣いてたら風邪引くぞとガラムに諭され、リリムは大人しく診療所に帰宅することにした。

「なによリリム、目元が腫れてるけどあんたまさかガラムに泣かされたの？」

「こりゃ罪深い男じゃな、どんな神罰をくれてやろうか」

「死罪でっす」

「待て待て、何でだよ！　冤罪《えんざい》だ！　俺は女を泣かせたことなんてただの一度も……な、ないぜ？」

ありそうだなと診療所の中に居たシルフ達三人が、疑いの眉を寄せてガラムとリリムを迎え入れる。

「ごめんなさい、これはガラムさんのせいじゃないんですよ。ちょっとストナちゃんとのお別れに耐えられなくてですね」

理由を説明すればティーミアが客間の診察室のソファに腰を落ち着かせて、リリムへと指摘する様に指を向けて来た。

「リリムは本当に甘いわね。あんまり魔物に入れ込むんじゃないわよ？」

「は、はい。そうですよね」

お前も魔物だろとリリムは危うく突っ込みを入れそうになるも、自分も魔物なので特に言い返すことはしなかった。

アーゼマ村で人間達と穏やかに暮らしていると、自分が魔物であると忘れそうになる気持ちはリリムにも分かる。

「ガラムさん、どうぞ座ってください。ずっと診療所の警護でお疲れでしょう？」

「ん、いや、特に何も無かったから疲れてはいないんだけどよ」

ティーミアの隣にどっかりと腰を下ろしたガラムは何か気になる点があったようで、診療所のとある一点を怪訝《けげん》な表情で眺めていた。

リリムがガラムの視線を追っていくと、その先にはルーゴが魔法で作り出した分身――偽ルーゴが佇んでいた。

あの分身はエルが眠る診療所で何か問題が起きた際、すぐに対応出来るようにとルーゴが置いていった物だ。

「おいリリム、いくらルーゴの旦那がお気に入りだからって、等身大の人形を自宅に置いとくのはどうかしてるぞ?」

「は!? ち、ちちち違いますよ!」

「分かった分かった、乙女心って複雑だからな。これ以上は何も言わねぇよ」

偽ルーゴは極端に口数が少ない為、ガラムにはあれが人形に見えるようだ。

確かに微動だにしないので人形と間違えてもおかしくはない、と妙に納得出来るのが非常に腹立たしい。

「だから違いますって、あれはルーゴさんの【分身魔法】です! ほら、ルーゴさんも何か言ってあげてください!」

「…………」

「どうして何も言ってくれないんですか!?」

誤解を解くのは難しいようだった。

背後でガラムが苦笑している気配を感じる。

すかさずリリムは偽ルーゴの腋《わき》をくすぐってみるも反応の一つすら見せてくれない。ペーシャが突《つつ》いた時にはその手を振り払っていたのだが。

「もしかして本当に人形なんですか？」

「……違う」

「ほら！　喋《しゃべ》った！　今の見ましたか!?　ルーゴさんが喋りましたよ！」

「赤ちゃんが初めて喋ったみたいな空気だな」

とガラムにからかわれてしまい、リリムはふと我に返る。

どうして偽ルーゴの口を開かせる為だけにあんなに必死になっていたのだろうかと。

ともあれ、これでルーゴの等身大人形を自宅に飾る変態という誤解は解けたようなのでリリムは一安心だった。

「なんにせよ、ルーゴの旦那が居るのなら、俺が診療所を守る必要はなかったと思うんだよなぁ。分身だとしてもルーゴさん一人で大抵のことはどうにかなるだろ」

「いや、【分身魔法】はそう便利な魔法じゃないでの」

ガラムの愚痴に応えたのはマオステラだった。

ソファにてティーミアの隣に座っていた彼女はすくりと立ち上がり、偽ルーゴの前に立てば視線をあげて不愉快だとばかりにその表情を歪《ゆが》める。

「【分身魔法】は使用者の魔力を等分割してしまう。魔法を主とする魔術師が【分身魔法】を使えば、それこそ実力半減といった訳じゃな。こいつ、聖域で見せた実力はまだ底では無かったということか」

「なんの話をしてるか分からねぇが、つまり今のルーゴさんは本調子じゃないってことか？　だから俺に診療所の警護を頼んだと」

「そういうことじゃな。どんな便利な魔法であろうとも欠点は付き物。どんなに強き者もたった一人では出来ることが限られる」

視線の切っ先を偽ルーゴから解いたマオステラは背後へと振り返り、今度はベッドの上で眠るエル・クレアに顔を向けた。

「そうまでしてこの小娘を守りたかったと。エル・クレア……、やはりこ奴《やつ》がペーシャ達から感じた匂いの大本じゃな」

悪意の匂い。

マオステラはそれを理由としてリリム達に襲い掛かったと言っていた。

誤解が解けた今、彼女は手の平をエルへと向ける。

「ちょっとマオステラ様!?」

嫌な気配を感じ取ったのかティーミアが腰を下ろしていたソファから飛び上がる。しかしそれよりも前に、偽ルーゴがマオステラの腕を鷲掴《わしづか》みにした。

「エルに何をするつもりだ」

「安心せい、攻撃するつもりはないでの。少々調べるだけじゃ」

そう言ったマオステラの手の平がぼんやりと緑色に発光し始める。しばらくすれば、エルの体も同様に緑色の光に包まれた。

偽ルーゴがじっとそれを見守っているので、確かにあれは攻撃魔法の類ではないのだろう。

ティーミアは気が気でないといった様子であったが。

「よくよく観察してみれば、このエルという娘をワシは見たことがあるな」

魔法を行使する最中にマオステラがぽつりと漏らす。

隣の偽ルーゴが小首を傾げた。

「見た？　どういうことだ」

「見たことがあるというのは少々語弊があるか。なにせワシが森に顕現する前の話じゃからの。感じたと言うのが正しいか。大体一か月前くらいかの」

マオステラは魔法を続けながら、森で感じたというエルの話を語り始める。

エルはどうやらたった一人でマオス大森林へと踏み込み、なにやら探し物をしていたらしい。そしてエルはお目当ての物を見つけて森から抜け出した。

その探し物というのが、

「お前達も探していたあの花じゃ」

「黄色い花のことか」

「そうじゃ。あれの根には魔力を回復させる成分が豊富に含まれておる。見たところ魔術師であるエルがそれを求めるのは必然のように思えるが」

少しの間、言い澱《よど》んだマオステラは行使していた魔法を解く。

「お前達はとある噂《うわさ》を聞いてこの花を探したと言っておったな」

それに偽ルーゴとリリムが頷いた。

リリム達が初めて黄色い花を探し求めたのは、ロカの実よりも回復能力の高い薬草があるという噂をラァラが耳にしたからだ。

それをマオステラには説明していたが、彼女はその話に引っかかりを感じたらしい。

「その噂を流したのはこの小娘なのかもな」

「何故《なぜ》そう思った」

「ルーゴ、お前達はこの花を使って【変化の魔法】に対処しようとしているな。事前に対処方法を調べたエルは、花の噂を広めれば変化の魔法の犠牲者を減らせると考えたのかも知れぬ」

だとすれば、どうしてそんなに回りくどい真似《まね》をする必要があるのだろうかとリリムは疑問であった。

エルはアーゼマ村を襲撃した敵だ。【変化の魔法】を使用したロポスの仲間だ。

花の噂を広めるメリットがない。

偽ルーゴも同様に思ったのだろう、その疑問をぶつけるとマオステラは首を振って否定を示す。

「ワシがエルに掛けたのは【解析魔法】じゃ。結果、エルには二つの魔法が掛けられていたことが分かったでな」

一つ、【人形魔法】。

この魔法は使用者の意に沿う行動を強制させる。

二つ、【呪縛魔法】。

この魔法は使用者の意に逆らった者に死を与える。

その二つの魔法がエルに掛けられていたとマオステラはリリムやルーゴ達へ説明した。

加えてこれらの魔法は【認識阻害の魔法】で巧妙に隠されており、ただ調べるだけでは分からないようになっていたとマオステラは語る。

説明を受けた偽ルーゴは重い溜息《ためいき》を吐《つ》いていた。

「魔法には使用者が死ねば解除される物とそうではない物が存在するが……マオステラ、お前は【人形魔法】と【呪縛魔法】の二つがどちらか分かるか?」

「解除される方じゃな」

【人形魔法】を掛けられたエルは使用者の意に沿わない行動は取れない。

それはロポスが掛けた【変化の魔法】の解除を促す様な行動は取れないということだ。魔法を解く為に、黄色い花の効果を直接誰かに伝えることなど以《もっ》ての外《ほか》だろう。

仮に魔法が使用できるエルが【人形魔法】を解除しようとしても、今度は【呪縛魔法】がそれの邪魔をする。【呪縛魔法】を解こうとすれば【人形魔法】がそれの邪魔をする。

何も出来ないエルは噂を流すといった回りくどい行動しか出来なかった。

マオステラはそう言いたいのだろう。

しかし、それは憶測でしかないのだが。

ただ、【人形魔法】と【呪縛魔法】が未だエルに掛けられたままというのが問題だ。

二つの魔法は使用者が死ねば解除される。

これが意味するのは、

「エルを操っていたのはロポスではないということか」

ルーゴの問いにマオステラが頷く。

エルが望んでアーゼマ村を襲撃したのではないのなら、共に村を襲ったロポスが怪しいと話を聞いてリリムもそう思っていたのが、どうやら魔法の使用者は別に居るようだった。

第5話　子供扱いしないでください

早朝、日の出の時刻。

リリムは居間のテーブルに出来立ての朝食を四人分並べる。

一緒に暮らしているペーシャの分は当然として、今日はティーミアとマオステラが診療所へお泊まりしているので彼女達《たち》の分も。

そして、ガラムが夜通しで診療所に変な輩《やから》が近付いて来ないか見張ってくれていたので、彼の朝食も用意しておいたのだ。

仮にエルの口封じを狙う者が居たとして、流石《さすが》に朝っぱらから襲い掛かっては来ないだろう。

いくら冒険者と言えどガラムにも休憩は必要だ。

朝食の仕度を終えたリリムは二階に向かって声大きくシルフ達に呼び掛ける。

「もう朝ですよ！　皆さん起きてくださーいっ！」

ついでにフライパンとおたまを激しくぶつけ合わせて金属音を散らせば、シルフ達の程良い目覚ましになるだろう。

さっそくパジャマ姿のペーシャが鼻提灯《はなぢょうちん》を作りながら器用に階段を下りて来た。

「ごあん……、ごはん」

「ぺーシャちゃん、おはようございます」

「お、おはようでっす……ごあん」

寝ぼけた様子で朝食を求めながらぺーシャが席に着く。

しかしながら食事に手を付ける様子はなく、うつらうつらと他のシルフ達を待っていた。

ご飯は皆で一緒にということだろうか。行儀が良いらしい。

しばらくすれば二階の寝室がドタバタと騒がしくなってくる。

どうやらティーミアとマオステラも目を覚ました様だ。

「おはようございます、ティー……ん？」

「マオステラ様、全っ然起きないんだけど！」

優雅な朝とは思えない険しい表情をしたティーミアが、眠りこけるマオステラを背負いながら階段を下りて来る。

リリムも肩を貸してマオステラを居間へと運んで朝食の席に着かせた。ふとマオステラの顔を覗《のぞ》き込めば両の頬が真っ赤になっている。

「ちょっとティーミア、マオステラさんに何をしたんですか？」

「マオステラ様ったら頬つねっても起きないのよ」

「つねり過ぎですよ、ハムスターみたいになってるじゃないですか」

つねられたことで頬が赤みを帯びて腫れぼったくなってしまっている。とても痛そうだ。これでも起きないのかと、リリムはマオステラの肩を揺すってみることにした。

「マオステラさ〜ん、美味《おい》しい朝食が出来てますよ〜」

「ワシは朝に弱いんじゃあ」

「あ、起きましたね」

「違うわ。騙《だま》されちゃいけないわよリリム。何やっても壊れた様に『朝に弱いんじゃあ』しか言わないの。マオステラ様はまだ起きてないわよ」

ちゃんと見てなさい、とティーミアに言われてしまったので、リリムはマオステラの顔をもう一度覗いてみる。

確かに目も口も半開きで淑女にあってはならない表情をしており、起きているか定かではない。

「マオステラさん？　朝ですよ〜」

「ワシは朝に弱いんじゃあ」

「起きないと私が全部食べてしまいますよ〜」

「ワシは朝に弱いんじゃあ」

「本当にこれしか言いませんね」

ティーミアが深刻そうな顔で頷《うなず》く。

こんな寝坊助《ねぼすけ》と朝っぱらから格闘していたティーミアに同情しながらも、リリムは外出の仕度を進めることにした。

錬金術を進めるルーゴ達に朝食を届ける為《ため》、朝早くからお弁当を仕込んでいたのだ。

ラァラが『今夜は徹夜だ』と言っていたのでさぞお疲れのことだろう。

ルーゴとラァラはマオス大森林から帰って来た時もピンピンとしていたくらいの体力お化けなので、もしや休憩なしで錬金術に取り組んでいるかも知れない。

倒れられても困るのでお弁当でも届けてあげれば一息入れられるだろう。

「ではペーシャちゃんにティーミア。ちょっとルーゴさん達にお弁当を届けに行ってきますので、お留守番をよろしくお願いしますね。朝食は先に食べて良いですよ」

「はいはい、任されたわよ」

「いってらっしゃいでっす」

「ワシは朝に弱いんじゃあ」

朝食に手を付け始めるシルフ達を尻目にリリムは居間を後にする。

玄関口へと向かう途中で診察室を覗くと、物言わぬ偽ルーゴが未《いま》だ眠り続けたままのエルを見守っていた。

昼間はティーミアがエルの看護を。夜は眠らなくても問題無い分身ルーゴが担当という交代制だ。

「エル様の様子はどうでしたか?」

「……変化は無い、特に問題もなくぐっすりだ。起きるまでもう少し時間が掛かるだろうがな」

リリム達が夜寝ていた時の様子を偽ルーゴが説明する。

魔法で作られた分身であるルーゴは極端に口数が少ないのだが、必要な場面ではその限りではないみたいだ。

ベッドの上で眠るエルは血色も良く、いつ目を覚ましてもおかしくはない。

呼吸も正常であり異常は全く見られない。

今日のところもエルの様子に問題なしだ。

あえて問題があるとするならば、エルに掛けられていたという二つの魔法か。魔法というものをあまりよく知らないリリムには、エルに魔法が掛けられていたことに全く気付けなかった。

しかし昨日、エルに【解析魔法】を施してくれたマオステラが、その身に掛かっていた【人形魔法】と【呪縛魔法】を同時に解除してくれたのだ。

魔法による心配はもう無いだろう。

「ところでリリム、何やら外行きといった様子だがどこかへ行くのか？」

リリムが背負った鞄《かばん》を見て偽ルーゴは不思議に思ったのだろう。

こんな朝早くにどこへと聞かれたので、行先は村長宅なので心配はないと伝える。

「本物ルーゴさん達にお弁当を届けに行くだけですよ。もしかしたら要らないかも知れないですけど、私にはこれしか出来ることがないので」

「いや、リリムが作ってくれた物なら俺の本体も喜ぶだろう。ぜひ持って行ってやってくれ」

「本当ですか、良かったです……ん？」

と、リリムはルーゴの発言に妙な違和感を覚える。

その違和感を払拭するべく、リリムは少し遠回しに確認を取ってみることにした。

「仮にですよ？　ティーミアが作ったお弁当ならどう思うんです？」

「ん？　嬉《うれ》しいが、それがどうかしたのか」

「そ、そうですか。何でもないです、今のは忘れてください」

今しがた偽ルーゴに『リリムが作ってくれた物なら』と言われてしまったので、リリムは妙な勘違いをしてしまったと自戒する。どうやら誰の弁当でも嬉しいようだ。

「へぇ～？　リリムとルーゴの旦那はそんな関係だったかい」

いつからそこに居たのか、ガラムが外から窓の縁にもたれ掛かってこちらの様子を眺めていた。口端に下卑た笑みを浮かべてリリムに心底嫌みったらしい視線を送っている。

「いいねぇ～、若いっていいねぇ」

「あーあー聞こえないです聞こえないです」

両耳を塞いでリリムは診察室を後にする。

エルのことは偽ルーゴとティーミアに任せておけば大丈夫だろう。

玄関を潜《くぐ》って外へと出れば、ガラムが何やら偽ルーゴに言いつけていた。

「ルーゴの旦那、あんまり乙女心をからかったら駄目だぜ？」

「何の話だ」

「いやいやさっきの弁当の話よ。さっきリリムが作った物ならって言ってただろ？　あの言い方はリリムが勘違いしてもおかし――うおッ!?」

リリムは余計なことを言おうとするガラムの頭を押さえて小脇に抱え込む。

驚いたのか逃れようと抵抗しているがリリムはそれを許しはしない。

「ガラムさん！　余計なこと言わないでください！」

ルーゴに聞こえないよう小声でガラムに言いつければ、抵抗する手がピタリと止まる。

「何でだよリリム、若い奴《やつ》は青春するべきだぜ、今すぐにな」

「どんな目線で言ってるんですかその発言は。さっきのはただの勘違いなので訳の分からないお節介はしなくて良いんです！」

「そんなこと言って、ちょっと嬉しかったんだろ？　お前さんすげぇ顔してたぜさっき。その気持ちは素直に言うべきだって」

こいつまだ言うか、とリリムはガラムの頭を抑え込む腕の力をギリギリと強める。しかしガラムはリリムの手首を取ると、何をどうやってかスルリと頭を抜き取ってしまった。

遂《つい》にはリリムが抑え込まれてしまう。

これがBランク冒険者の実力か。

こんな事でBランクの実力を味わいたくなかった。

「放してくださいガラムさん！」

「いや放さねぇぞ。言え、言うんだリリム。ルーゴの旦那に正直な気持ちを！」

「だから何でガラムさんはそこまでお節介焼きなんですか!?　ぐぬぬぬぬ！」

「魔物で大変なご時世なんだ、隣に居た奴がいつ居なくなるかも分からねぇ。嬉しいと思ったのならすぐに伝えねぇと」

「ルーゴさんはすごく強いから居なくならないです！　ずっと隣に居てくれるから大丈夫なんです！」

「その発言も大概だからな？」

更には「そんなに嫌なら俺が伝えてやろうか？」とガラムが言い出し、窓からこちらの様子を窺《うかが》っていた偽ルーゴへと振り返る。

「ルーゴの旦那、リリムが伝えたい事があるんだってよ」

「その状況で何を伝えたいと言うんだ」

リリムとガラムの取っ組み合いを見て、少々困惑した様子のルーゴが首を捻《ひね》る。

このままではガラムの勢いに押されてしまうと判断したリリムは、決して使うまいとしていた禁じ手を切ることにした。

「ガラムさん、随分とべらべら口が回りますね。夜の見張りでお疲れだと思って朝食を用意していたのですが、その様子だと要らなそうですね」

「え？」

ガラムがルーゴへと振り返った。

「くそ、疲労が限界で口が開かねぇ」

「開いてるじゃないか」

「ルーゴの旦那、さっきの話は無かったことにしてくれ」

ガラムが抑え込んでいた腕を離してくれたのでリリムはようやく解放される。

どうやら朝食人質作戦が功を奏したようだ。

また何か余計な事を言い出さないよう、さっさと診療所へ入れとガラムに指示を出してリリムは鞄を手に持つ。

これから本物ルーゴへ朝食を届けに行くのだ。

リリムは忙しいのでガラムにかまけてはいられない。

「ガラム殿は何が言いたかったんだ？」

分身ルーゴは釈然としない様子であったが、リリムは「本当に何でもないです」とだけ伝えて村長宅へと歩き出した。

「思春期ってのは難儀なもんだなぁ」

まだガラムが何か余計な事を言いたそうにしていたので、リリムは踵《きびす》を返してガラムを診療所の中へと押し込んだ。

「本当に抜きにしますよガラムさん！」

「わかった！　悪かったって！」

◇◆◇

「ごめんくださーい」

村長宅に着いたリリムは玄関の扉を二、三回程ノックして向こうからの返事を待つ。

すると中から「誰だい？」とラァラの声が聞こえてきた。

リリムですと返事をすればすぐに扉が開く。

「やあ、おはようリリム君」

「おはようございます、ラァラさん」

「随分早起きだね。うんうん、若者はそうでなくちゃ。感心感心ッ」

今夜は徹夜だと言っていた割には元気そうなラァラが、快活な笑みでこちらを出迎えてくれる。

しかしどことなくふらふらしているので、やはり疲労が溜《た》まっていそうだ。

「……ん？」

ふと、リリムが視線を下ろすと、ラァラの右腕には包帯が巻かれていることに気が付く。

マオス大森林で怪我《けが》でもしたのだろうかと思ったが、昨日はそんな素振りを見せていなかった。

となると錬金術の最中に何かアクシデントがあったのかも知れない。

「包帯が気になるかい？　大丈夫、大した怪我じゃないさ。すぐ治るよ」

人の思考を読んだのか、リリムが包帯に対して何か口にする前に、ラァラがなんとも無いと手を振る。

冒険者ギルドの時もそうだったが、人の思考を読むのが得意なんだと言ってのけたラァラが、本当に読心術でも扱えるかの様な振る舞いを見せるのでリリムは驚くばかりだ。

「俺の怪我はさておき、こんな朝早くからどうしたんだいリリム君。何か急用でもあるのかな？」

リリムが持つ鞄に視線を落としてラァラが訊《たず》ねてくる。

読心術に呆気《あっけ》に取られていたリリムはふと我に返り、そういえばと持参した弁当の事を思い出した。

「実は朝食を持って来たんですよ。ルーゴさんもラァラさんもお腹空《なかす》いてないかなぁと思ってですね」

「本当かい？　嬉しいな。言われてみれば昨日の夜から何も食べてないよ」

どうやらリリムの思った通りで休憩も取らずに錬金術に勤《いそ》しんでいたらしい。

リリムも調合に熱中し過ぎて食を疎《おろそ》かにすることがよくあったので気持ちは分かる。今ではペーシャという同居人が居るのでそんなことはしないのだが。

「リリム君の分もあるのかな。中で一緒に食べないかい？」

「いえ、私は診療所の仕事があるのですぐに戻るつもりでした。あ、でも錬金術ってちょっとだけ興味あります」

「お、いいねぇ。じゃありリム君には色々と見せてあげようかな」

ラァラにおいでおいでと手招きされるままに中へ入ると、異臭がリリムの鼻をつく。

まるで生肉を香水で煮込んだかの様なこの激臭は以前、冒険者ギルドにてラァラの私室に漂っていた匂いと同じものだ。

思わず鼻元を手で押さえるとラァラはくすりと笑っていた。

「匂いはごめんね。そのうち慣れるさ」

「結構な匂いですけど、まだ我慢出来る方なので大丈夫ですよ」

「そうかい。さっすがリリム君。一度ギルドで体験しただけあるね」

「私は良いんですけど、村長の家の中でこんな激臭をばら蒔《ま》いて大丈夫ですかね？　この匂いが染みついてしまったら、村長が可哀想《かわいそう》ですよ」

「俺も最初は外でやろうと思ったさ。だけどルーゴに止められてしまってね。外でこんな異臭を放ったらシルフが全滅すると注意されてしまったんだ」

確かにギルドで同じくこの匂いを体験したティーミアは終始涙目だったなとリリムは思い出す。

シルフは特性として鼻が利くらしく、この異臭に耐えられないとのこと。

なので村長宅の居間にてこの匂いを魔法で封じ込めているらしい。

村長が不憫《ふびん》でならない。

「匂いが染み付く心配はないよ。ルーゴが【生活魔法】で除去してくれるからね。大抵の悩みは彼を頼れば全て問題無しさ」

言いながらラァラが居間の扉を開け放てば、大きな錬金釜をこれまた大きな棒でかき回すルーゴが出迎えてくれる。

「ラァラ、お前は俺を便利屋か何かと履き違えてないか？」

昨日は革袋を被《かぶ》っていたが、いつも通りの真っ黒兜《かぶと》に戻ったルーゴが機嫌の悪さを隠さず愚痴を溢《こぼ》す。

「まあまあ、便利屋だなんて思ってないよ。それよりルーゴ、リリム君がお弁当の差し入れに来てくれたよ。ちょっと休憩にしようじゃあないかい」

「ルーゴさん、お邪魔しま――」

と、ラァラの後に続いて村長宅の居間へ入ったリリムは自身の目を疑った。

何故《なぜ》なら視界に広がっている室内はいかにも錬金術師の研究室といった空間に様変わりしていたからだ。

かつて村長が暮らしていた老人然とした部屋は影も形も無い。

「これ部屋を借りるとかそんなレベルじゃないですよ。もはや改装じゃないですか」

村長が元に戻ったら腰を抜かしそうな勢いで辺り一面が様変わりしてしまっている。

研究室の中央に置かれた錬金釜から放たれる激臭が加われば、村長は昇天してしまうのではないだろうかとリリムは危惧する。

右に視線をやれば薬品が入った瓶、そして得体の知れない物体が保管されているガラスケースが視界を圧迫する。左に視線をやればラァラが持ち込んだのだろう本が棚にこれでもかと並べられていた。

「ち、ちなみにこの部屋、元に戻せるんですか？」

戻せませんと言われたらどうしようかとリリムが恐る恐る聞いてみると、ラァラは表情を得意気にして指を弾《はじ》いた。

パチン、と乾いた音が鳴り響いたその直後だ。

「あれッ!?」

リリムの目の前には元の姿を取り戻した村長宅の居間が広がっていた。

「な、なんですか今のは……？」

今まで見ていた研究室は幻覚だったのだろうか。

しかし、居間の中央に佇《たたず》むルーゴが錬金釜をかき回していた棒を手に持ったままなので、先程の光景は幻覚の類ではないのだろう。

「あはは、驚いているね、まあ無理もないか。御覧の通り、俺の研究室と村長様の部屋はすぐに切り替え可能だよ。だから心配はいらない」

「は、はぁ。そうですか」

もう一度、指がパチンと弾かれれば再び室内は研究室へと切り替わる。

リリムはもう何がなんだか分からなかった。

考えてもしょうがないので、部屋の端に置かれた椅子に腰を下ろすことにした。

するとラァラがわざわざ椅子を移動させて隣に座る。

「リリム君のお弁当楽しみだなぁ。お腹ぺこぺこだったんだ、本当に助かるよ」

などとやけに楽しそうなラァラがまた指を弾けば、何をどうしてかリリムの目の前にポンッと軽快な音と共にテーブルが出現した。

こいつ何でもありかとリリムは頭を抱える。

以前、ラァラは自分には魔法の才が無いと言っていたが、今しがた目の前で繰り広げられた光景が魔法でなければ何だと言うつもりなのだろうか。

「もちろん、これは錬金術だよ」

「へぇ〜、錬金術ってなんでもありなんですね。すごいすごい」

「何か思うところがありそうな言い方だねそれ」

またもや読心術を使って来たラァラを余所《よそ》に、リリムはクロスをテーブルの上に広げてお弁当を並べていく。

蓋を開けてみれば隣のラァラが「ほほう」と感嘆の吐息を漏らしていた。

「昨夜から何も食べてないから余計おいしそうに感じるよ。いいねいいね、ルーゴったらこんなお弁当を毎日食べてたんだ。羨ましいねぇ」

「まあな、助かってるよ」

ルーゴは普段、アーゼマ村の広場で冒険者達に魔法を教えている。

リリムはそんなルーゴを忙しいだろうと心配して毎日お弁当を届けていたのだ。

何でそれをラァラが知っているのかは分からないが。

「ほらほらルーゴ、いつまでも釜をかき混ぜてたら流石の君でもぶっ倒れるよ。美味しい物でも食べて疲労をぶっ飛ばそう」

一足早くお弁当に口を付けていたラァラがルーゴに手招きする。

普段、疲れた様子など一切見せないルーゴも今回ばかりは堪《こた》えているようだ。釜をかき混ぜていた棒から手を放し、肩を解《ほぐ》すように腕を回しながらリリムの対面に腰を下ろしていた。

「ルーゴさんにも疲労って溜まるんですね」

「お前は俺を何だと思っているんだ」

昨日はマオステラが差し向けた大量の魔物達と交戦し、その後すぐにそのマオステラと直接ぶつかり合った。更にはその当日に徹夜だ。流石のルーゴも疲れ知らずとはいかないのだろう。

「そうだ、今度疲れを吹っ飛ばしちゃう薬を調合してみますね」

「そんな薬があるのか?」

「いえ、そんな薬はないので、新しく作り出せないか試してみます」

「やめろ、お前また草を生で齧《かじ》るつもりだな」

「うっ」

図星を突かれてリリムは思わず押し黙る。

「気持ちは嬉しいが、俺をそこまで気に掛けなくても良い」

「で、でも、ルーゴさんが村の為に頑張ってくれているのに、私は何も出来ていないので……」

黄色い花の採取に向かったマオス大森林でも、結局リリムはわーわー騒いでいるだけで終わってしまった。

あれだけ嫌そうにしていたペーシャでさえ、リリムを助ける為に尽力してくれていた。リリムはルーゴに、ペーシャに、ストナに助けられただけ。何も出来ちゃいない。

「前にも言っただろう、子供が大人に気を遣うなと」

リリムの心中を察してか、ルーゴがリリムの頭にぽんと手を置く。

これはルーゴなりの気遣いなのだろうが、リリムは内心穏やかではない。

「……違います」

思わずそれを溢してしまう。

隣でお弁当をもくもくと食べていたラァラは、お得意の読心術でリリムの心内を呼んだのか「あ～あ、やっちゃったねルーゴ」と半ば呆《あき》れる様にルーゴの肩に手を置いていた。

「い、いつまでも子供扱いしないで欲しいです」

「ん？　ど、どうしたリリム」

「私はいつまでも子供じゃないと言っているんですよ！」

声を荒らげたリリムは勢いに身を任せて立ち上がる。

今ならティーミアやマオステラが言っていた『子供扱いするな』という言葉の意味が心底理解出来る気がした。

「私もあと数か月すれば十六歳です。エンプーサの大人がいつかは知りませんが、人間で言えばもう立派な大人なんです」

「つまり今は子供じゃないか」

「うっ！」

ルーゴの冷静な指摘に尻込みしてしまったがもはや関係ない。

言ってやるのだとリリムは決意を固める。

「私は助けられてばかりは嫌なんですよ。そうです、そうなんです。だから今回は絶対にルーゴさんの役に立ってみせますからね！」

ティーミアではないが、リリムは指先をルーゴに突き付けて宣言した。

「あっ」

その直後、自分は何を言っているんだと急に冷静になる。

ルーゴが自分に気を遣うなと言ったのは別に嫌みではないのだ。

リリムは自分でもそれを理解している筈《はず》なのに、何故だかカッとなってついつい訳の分からないことを口走ってしまった。

血の上った頭が急激に冷えてくるのを感じる。

「い、今のは忘れてくださいぃ……」

こっ恥ずかしくなり、居ても立ってもいられなくなったリリムは大慌てで村長の家から飛び出す。

背後で驚いた様子のルーゴがこちらのことを呼んでいたが足を止められなかった。

「ルーゴ、あれが思春期ってやつだよ」

「そ、そうなのか。すまないことをしてしまったな」

◇◆◇

——午後。

窓の外から差し込む陽《ひ》の光も薄くなり、いつもなら晩御飯の準備を始めるこの時間にリリムは机にもたれ掛かって項垂《うなだ》れていた。

「やっちゃったなぁ～」

村長宅でルーゴに思わずカッとなってしまい、声を荒らげてしまったことを思い出してリリムは頭を抱えていた。

何であんなことを言ってしまったのかと自問すれば、特に理由はないと即答出来てしまうのがなおのこと辛《つら》い。

強いて言うならばやはり役に立ちたかったというのが本音なのだが、それならどうしてルーゴを困らせるようなことをしてしまったのだろうか。捨《す》て台詞《ぜりふ》を吐いて村長の家から飛び出してしまったのも救いようがない。

さっきはすみませんでした、だなんて謝ればそれで終わる話なのだろうとリリム自身も理解しているのだが、

「合わせる顔がないなぁ」

これが晩飯の用意もせずに項垂れている理由だったりする。

「リリムさん、どうしたんすか？　早くごはんの用意をしないと、晩御飯に間に合わなくなっちゃいまっすよ？　私は飢え死にしたくないでっす」

いつまでも診療所の二階にある調薬室から下りてこないリリムを心配してか、いつの間にかやって来たペーシャが心配そうにこちらの顔を覗いてくる。

「一食抜いただけじゃ、死にはしないですよ」

「あ！　これごはん抜きにする気だ！」

ひ～んと涙目でリリムの服を引っ張るペーシャ。その横で何故だかマオステラが訳知り顔で人差し指を立てる。なんだか良くないことを言う気がするとリリムの脳裏に予感が走る。

「これは恋煩いじゃな」

「違います」

「ち、違うのか……?」

頭が桃色に染まっているマオステラは予想が外れたことにショックを隠せない様子だ。目を白黒させて動揺している。本当にこの人神様なのかなとリリムは思った。

「恋煩いとかじゃなくてですね、ルーゴさんが疲れている様子だったので私でも何かお役に立てないかと悩んでいたんです」

「本当にそれだけなのかの、怪しいでな」

「ほ、本当です」

マオステラは頭が桃色に染まっているみたいだが勘だけは鋭いようだ。

「あのルーゴという男、とんでもない化け物かと思ったが肉体だけは人間相応のようじゃな。ワシとの戦闘が余程堪えたと見た」

「たぶん、それもあると思いますが、なにより徹夜までしてますからね。たぶん今日も遅くまでラァラさんと一緒に働く気だと思います」

「ほ～う、なるほどの、それでお前はルーゴの身を案じていた訳か」

ニマニマと下卑た笑みをこちらに送ってくるマオステラ。

少々気に入らないが、ルーゴの心配をしていたのは確かなので否定はしないでおく。

「それならば、ワシに良い提案があるのじゃが」

「え？　ほ、本当ですか？」

「うむ！」

まさか相談に乗ってくれるとは思っていなかったリリムがマオステラに食い気味で聞き返す。

自身満々に胸を張る姿がティーミアと重なって少し心配になってくるが、神様が良い提案があると言うならばこれを逃す手はない。

「あの森に実はの、これまた不思議な泉があるのじゃ」

「不思議な泉……、ですか？」

「泉というより、性質としては温泉に近いかの。泉から湧き出るその水に浸《つ》かると、何故だかたちまち疲れが吹き飛んでしまうんじゃ。ワシもこの世界に顕現した時はよく水浴びしに行くんじゃよ」

「疲れが吹っ飛ぶだなんてすごいですね」

マオステラが言うにはその泉に浸かれば、体に溜まった疲労が全て吹き飛んでしまうらしい。

そんな都合の良いものが果たして本当に存在するのだろうか。

リリムは半信半疑であったが、

「なんじゃ、疑っておるのか？　それならば明日にでもすぐそこへ案内してやろう」

「あれ、良いんですか？　マオステラさんは村の散策をしたいって言ってたじゃないですか」

「それはもう、お前がルーゴの所へ行っている間に済ませたでな」

どうやらリリムが村長宅に外出している時に、ティーミアとペーシャの案内でアーゼマ村の散策は既に済ませてしまっていたようだ。

だから案ずるなとマオステラは自分の胸をポンと叩《たた》く。

「リリム、ワシはお前のことを話も聞かずに襲ってしまったからな。その詫《わ》びとして今回は特別じゃぞ。他に攻撃してしまった者にも同様じゃ」

「あ、ありがとうございます、マオステラさん」

「感謝するでない。これで借りはなし、ということじゃ」

親身になってくれたマオステラに頭を下げようとすると、その頭を押さえ付けられて無理やり顔を上に向けさせられる。

小さい癖にとんでもない力だ。やはりただのシルフではない。

「ふふふ、ルーゴとラァラとかいう小娘の方にはワシから伝えておくでの。リリム、何やら今は顔を合わせ辛《づら》いようじゃからな。話をするのはその時にせい」

何もかもお見通しとマオステラは手をひらひらさせながら調薬室を後にする。

その小さい見た目からは考え難《にく》いほど気を利かせてくれる人だ。

合わせる顔がないと項垂れていたリリムに、ルーゴと顔を合わせる機会まで作ってくれたらしい。

またも人に助けられてばかりで不甲斐《ふがい》なく思えてくるが、何故だか胸の内が軽くなった気がする。

「マオステラさん、ありがとうございます」

感謝するなと言われたが、リリムは小さくマオステラに感謝を述べた。

「あ、あの～、リリムさん。晩御飯は～？」

「あ、ごめんなさいペーシャちゃん！　忘れてました、今から作りますね」

第6話　不思議な泉

マオス大森林の奥地は未開の地である。

屈強な魔物が潜んでいることもあり、たとえ対魔物戦のエキスパートである冒険者でもそこへは滅多に足を踏み入れない。

それ故にこの森の奥地に何が眠っているのかを網羅している者は誰一人として居ない。

マオス大森林を創り出したマオステラ・ラタトイプ以外は。

「さて！　ここがワシの言っていた疲れも吹っ飛ぶ不思議な泉じゃ！」

マオステラに森の奥地へ連れて来られたのはリリム、ペーシャ、ルーゴ、ラァラの四人だ。

彼女達《たち》はマオス大森林に黄色い花の採取に向かった攻略メンバーであり、マオステラの理不尽な勘違い攻撃に晒《さら》された四人でもある。

そのお詫《わ》びとして、マオステラは彼女達を森の奥地にある隠れた名所に案内してくれたという訳だ。

「わぁ！　すっごく綺麗《きれい》な泉ね！　さっそく泳ぐわよペーシャ！」

「はいっす！」

その四人に交じっている橙《だいだい》色の髪をしたシルフはティーミアだ。

本来、マオステラには彼女をここに連れて来る理由はなかったのだが、アーゼマ村を案内してくれた礼として特別に泉へと連れて来た。

(お願い！　私も連れでってよぉ〜！)

と仲間外れにされたティーミアがマオステラに泣き付いたのも理由の一つではあるが。

「へぇ、マオス大森林にこんな所があったなんてね、実に興味深いじゃあないか」

目の前に広がる光景を前にして、ラァラは錬金術師──延《ひ》いては研究者としての血が騒いでしまったらしい。どこからか空き瓶を取り出すと、薄い水色に輝く泉の水を採取していた。

「これ、ラァラとやら。お前は何をしにここへ来たのじゃ」

「え？　あはは、別に良いじゃあないかい。見ておくれよ、この輝く泉を水源としているせいか、この辺に自生している植物全てが輝いているんだ。ちょいと錬金術師として興味を引かれてしまうのは当然だろう？」

植物のみならず、この泉周辺に生えている木々まで薄く輝いている。

果ては泉の水を飲んだからなのだろうか、そこいらを走り回る小動物までもが陽《ひ》を反射する朝霜を纏《まと》ったかの様に煌《きら》めきを帯びていた。

ラァラは興奮した様子で次々に空き瓶を取り出している。

そんなラァラの姿に二人のシルフ、ティーミアとペーシャが大ブーイングを浴びせ始めた。

「ちょっとラァラ！　いつまで私を待たせる気よ！　水着ってやつを出してくれるって約束したじゃない！　ずっと待ってるんだけど！」

「そうっす！　そうっす！　約束を破るなんて人間は勝手っす！」

「あらら、ごめんよ。ちょっと待ってね、今君達に似合う可愛《かわい》い水着を出してあげるからさ」

なんてラァラが顎に手を当てて考え込むと、何かを思いついたのかティーミアを左手で指差しながら右手の指を弾《はじ》いた。

するとポンッという軽快な音と共にティーミアの服装が一瞬で切り替わってしまった。

「うわ！　な、なにこれ!?　下着じゃん！」

「下着じゃないよ、それが水着さ。水に濡《ぬ》れても大丈夫な服。色々身に纏っているより、その方が水中で動きやすいんだよ」

「へぇ～！」

初めて水着なんて物を着たティーミアは興味津々だ。

なにより自身の髪の色と同じオレンジ色の水着が大層気に入った様子だった。

「ちなみに王都で一番の仕立て屋が作った物さ、お気に召してくれたかな？」

「うん！　気に入ったわ！」

「それは良かった」

子供用だけどね、と小さく呟《つぶや》いたラァラが次に狙いを定めたのはペーシャだ。

ラァラが指を弾くと、こちらは子供用のワンピースを模した水着に変化する。フリルとリボンも付いており、ペーシャも気に入ったようだった。

「よっしゃぁ！　泳ぐっすよ！」

「そんな所で仁王立ちしてないでルーゴも行くわよ！」

「うおッ!?」

辺りに危険な魔物が居ないか警戒していたルーゴの手を引き、ティーミアがペーシャと共に泉に向かって飛び込んでしまった。

ラァラはルーゴが水に触れる一瞬手前で指を弾き、ルーゴの衣服も水着へと強制的に変化させる。

ふんどし一丁に。

「ラァラ、お前ッ――」

「あはは、似合っているよルーゴ」

ルーゴの苦言は辺りに飛び散った水飛沫《みずしぶき》に掻《か》き消されてしまい、すぐに聞こえなくなった。

次に聞こえてきたのは水面から顔を出したシルフ二人の笑い声だった。

ティーミアはともかく、ペーシャがどうも一瞬見えたルーゴのふんどし姿がツボに入ってしまったらしい。ばしゃばしゃと水面を叩《たた》いてゲラゲラ大笑いしている。

「わはッ！　わはは！　何すかルーゴさんのその水着！　水着なんすかそれ！　ひひひ！」

「何がそんなに可笑《おか》しい。笑い過ぎだぞペーシャ」

水面下から真っ黒な兜《かぶと》がゆっくりと頭を出す。

「うわわ！　ルーゴさんが怒ったっす！　妖精王様！　逃げるっすよ！」

「ばーか！　あんたなんかに捕まんないわよ！」

などと言いたい放題のシルフ達は二人仲良く大はしゃぎで泉の奥に消えて行く。

ルーゴも「あまり遠くへ行くな！」とティーミア達を追い掛けて行った。

置いてけぼりにされたラァラも、指を弾いて水着に着替える。

更にもう一度指を弾いて薄い上着を身に纏うと、後方の木の陰から様子を眺めていたリリムへと顔を向けた。

「さて、せっかくだし俺も水浴びしてくるかな。リリム君はどうするんだい？」

「わ、私、その水着？　というのは遠慮しておきます。背中とお尻の方に大きな傷があるので」

「そうかい、残念だ。だけど、俺は近くに居るから、いつでも声を掛けておくれ」

そう言ってラァラは長い銀髪を後ろで一つに纏めると、どこから取り出したのか空き瓶片手に泉の中へ。疲れが吹っ飛ぶという泉が気になってしょうがないらしい。

リリムも正直気になるが、素肌を大きく晒す下着みたいな服装は好きではない。

先程リリム自身が言った通り、羽と尾を切り取った時に出来た傷痕が露呈してしまうからだ。

「これ、リリム！　お前もこっちに来んかい！　何の為《ため》にここへお前を連れて来てやったと思う！」

ずっと木の陰から動かないリリムに耐えられなくなったのか、マオステラが怒り心頭といった表情でこちらに手招きしていた。

「つ、疲れを取る為ですよね？　でも私、水着になりたくないので……」

「足だけ入れても同じ効果は得られるわ！　それに、お前がこっちに来ない方の理由は別にあるんじゃろが！　この根性なしめ！」

「うわっ！」

無理やり手を引かれて泉のほとりに座らせられ、これまた無理やり足を泉の中へと突っ込まされる。その瞬間、リリムは脱力した。

「ほ、ほや～、なんですかこれぇ」

「これが泉の効果じゃ。言ったじゃろう、疲れが吹っ飛ぶと」

「た、確かに凄《すご》いですねこれ」

水に突っ込んだ足のつま先から、体の悪い部分が抜けていっている気がする。

泉の水自体も冷たい訳ではなく温《ぬる》いのがこれまた脱力してしまう理由の一つだろう。

完全なお湯という訳ではないが、マオステラが温泉と似ていると言うのも頷《うなず》ける。

「ルーゴさんの疲れもこれで吹っ飛びますかねぇ～マオステラさん」

「ああ、この泉は凄いな」

「なんか全部どうでもよくなってくる気がしますぅ、ここを教えてくれてありがとうございます、マオステラさん～」

「ああ、こればかりはあいつに感謝だな」

「ん？　マオステラさん、随分渋い声出しますね……ってどわぁッ!?」

隣に居たマオステラに話しかけていたと思ったら、リリムはいつの間にか隣に座っていたルーゴに話しかけていた。

どうしてここにルーゴが居る。

一体どこに消えたマオステラ。

なんて思っていると、遠くの方でマオステラがラァラに話しかけていた。

「これ、ラァラ。そこはワシのお気に入りの場所なんじゃ、どけい」

「じゃあ一緒に入ろう」

「ぬわぁ!?」

あの女狐《めぎつね》、とリリムは思った。

こちらが油断した隙にルーゴを呼んできたらしい。

無理やり顔を合わせる機会を作られてしまった。

「こ、こんにちわ～」

「どうした、何故《なぜ》急に他人行儀なんだ。これか、これが悪いのか？」

未《いま》だふんどし一丁のルーゴがラァラの名を呼んで手を振ると、遠くの方でマオステラと水浴びしていたラァラが口元を手で押さえながら指を弾いた。

ポンッと軽い音が響くと、ルーゴがいつもの服装に戻る。

「どうだ、リリム」

ルーゴが手を広げてアピールする。

「い、いやぁ……」

ふんどしが悪い訳ではない。

悪いのは自分自身であるとリリムは理解している。

なので正直に伝えることにした。

「その、ですね……すみません。昨日、あんなことを言ってしまったもので、ちょっとルーゴさんと顔を合わせ難《にく》かったというかですね。声を荒らげてしまったので……」

「ああ、役に立ってみせると言っていたあれか？」

「そ……それです、それです」

大層なことを言った割には、結局マオステラの力を借りてしまった。

おまけに場を用意して貰《もら》ったというのに、いつまでも尻込みしているこちらを見兼ねて、また場を見繕わせてしまった。

結局リリムは、自分一人では何も出来ないのだ。

「リリム、お前は自分一人じゃ何にも出来ないと思っているだろう」

「へ？　ちょ、やめてくださいよ、人の心を読むのは」

ラァラといい、ルーゴといい、何故こうも思考を読めてしまうのだろうか。

いや違う。もしかすればそれだけ表情に出ていたのかも知れない。

「私ってそんなに分かりやすいですか？」

「まあ、そうだな。すぐに表情に出る方だ」

「そんな、ずるいですよ。ルーゴさんは顔を隠している癖に」

「そうだな。今日ぐらい、この兜は脱いでしまうか」

ここには俺の正体を知っている者しか居ないからなと言って、あろうことかルーゴは兜を脱いでしまった。赤い髪と深紅の目が晒される。この顔を見るのは二度目だったが、ここまで近くで見るのは初めてだ。

近くで見ると再認識させられる。

やはりこの人はルーク・オットハイドなのだと。

「良いんですか？　ルーゴさん」

「ああ、お前にはもう素顔を見られてしまっているからな。はは、どうだ、驚いたか？」

などとルーゴは悪戯《いたずら》な笑みを見せてくる。

こういう表情を見せる人なんだと、リリムはなんだか新鮮な気持ちになった。

普段は兜を被《かぶ》っているせいもあってか、ぶっきらぼうで表情がないものなのだと勝手に思い込んでしまっていた。

「そ、そうですね。私、ちょっと自分の目を疑いましたよ」

「だろうな」

ルーゴ、その正体であるルーク・オットハイドは世間では既に死んでいる人間という扱いになっている。

それが生きて隣に居るのだ、驚くなと言う方が無理な話である。

「俺がどうして顔を隠していたか気になるか?」

「はい、すっごく気になります。もしかして、王国からすごく大事な任務を受けて、素顔を隠して仕事をしていたりとかです?」

「いや、仲間に命を狙われた」

「え」

それを聞いて、リリムは思わず口ごもる。

しかし心のどこかで妙に納得している部分もあった。

以前、元パーティメンバーであるリーシャに対しては、敵対心をほとんど隠せずにいたからだ。隠そうとはしていたが、リーシャの手を乱暴に振り払ったりなど、苛立《いらだ》ちを抑えきれないといった素振りを見せていた。

それの答えが『命を狙われた』なのだろう。

「……辛《つら》かったですか?」

「ああ、流石《さすが》に堪《こた》えたよ。アーゼマ村を守る為に、この森でエルと戦った時もそうだ。あいつ、俺の命を狙ったというのに最後の最後でこう言ったんだ。ずっと謝りたかったって」

どうして良いか分からなくなったとルーゴは続ける。

「その後、すぐにあのマオステラとの戦いだ。流石は神だな、久しぶりに全力で戦ったよ」

剣の一振りで簡単に聖域を微塵《みじん》切りにしたとリリムは思っていたが、ルーゴの口ぶりからしてあれも相当体力を消耗するのだろう。

ルークは英雄と呼ばれるSランク冒険者ではあるが、彼も一人の人間ということだ。

「そして極めつけは二日連続の徹夜だ。ラァラの奴《やつ》が最初の二日間はずっと釜をかき混ぜていないと駄目だと言うんだ。ははは、こっちもこっちで辛かったな」

でなければ【変化の魔法】で杖《つえ》に変えられてしまった村の住民を元に戻せない。せっかく採取した黄色い花も無駄になってしまう。

「ルーゴさんはどうして、そんなに辛い思いをしているのに、他の人の為に頑張れるんですか？」

「勘違いだ。俺はそんなに出来た人間じゃない。全部自分の為なんだよ」

「えぇ？　ど、どういうことですか？」

言っている意味が分からないとリリムが首を傾《かし》げれば、ルーゴは苦笑いしながら答える。

「人の為に何かをしていないと、良い人間の振りをしていないと、また裏切られてしまうんじゃないかと気が気じゃなくてな。もうあんな思いをするのはこりごりなんだ。怖いんだよ」

「そう……、だったんですね」

アーゼマ村を守る為に尽力してくれているのも、魔物に住処《すみか》を追われる寸前であったシルフ達を助けたのも、アラト聖教会で命を狙われた自分を助けてくれたのも、村を襲った襲撃者を退けてくれたのも、全て自分の為であったと。

ルーゴはそう言いたいのだろう。

「幻滅したか？」

リリムは首を横に振る。

「いえ、そんなことはないですよ。むしろ、本音をぶつけてくれて嬉《うれ》しく思っています」

「そうか、なら……俺も同じだ」

「何がです？」

「村長の家でお前が俺に本音をぶつけて来た時、少しだけ嬉しく思ったよ。いつまでも子供扱いするな、自分も役に立てるんだ、といった感じだったか？」

「い、いやぁ……それはちょっと本音というか、そのぉ、なんですかねぇ……、違います」

本音というよりは、子供扱いされた子供が起こした癇癪《かんしやく》といった表現が正しいだろうか。

あの時は頭に血が上ってしまったが、冷静になった今ならそう思える。まだまだ自分は大人になり切れない子供なのだと。

「なんだ、違うのか？」

「子供の癇癪だったと思ってください……」

「そうは思わないな。役に立ちたいと言ってくれたのは本音なのだろう？　それに、こうして羽を休める機会を作ってくれたのはお前なんだろ、リリム」

話を聞くと、ルーゴはマオステラに怒られてしまったみたいだった。

リリムが貴様の身を案じている。子供に気を遣わせるとは何事だと。

どうやらここでも子供扱いされているみたいであった。

「あの英雄ルーク様が怒られてるところ、ちょっと見てみたいですね。面白そうです」

「意外と性格が悪いなお前は」

「だって私は悪魔ですから」

「なるほど、そういえばそうだったな」

意地の悪い笑みを作ってやれば、ルークは隣で笑っていた。

正体を隠していた者同士。それが魔物殺しの元Sランク冒険者と、危険な生き物として知られる悪魔エンプーサだったのだから笑い種《ぐさ》だろう。

こうして隣り合って談笑しているのは奇跡に近い、リリムはそう思う。

「お前と一緒に居ると気が落ち着くよ」

「ルーゴさんも冗談が上手《うま》いですね」

「これも本音さ。お前は一人じゃ何も出来ないと言っていたが俺も同じだよ。リリムの力を借りなければ、こうして満足に羽を休めることも出来なかった」

「お役に立てたようでなによりです。あと、マオステラさんにも感謝ですね」

「そうだな」

この不思議な泉があるのはマオス大森林の奥地だ。

強力な魔物が潜んでいることもあって、他の人間は決して立ち入ることはない。

仮に森の奥地に踏み込む人間が居たとしても、この泉はマオステラしか詳しい場所を知らないのでなおのこと安心だろう。

リリム達がこの場所に連れて来られた時も、マオステラが使用した【転送魔法】を通してだ。それ程までに森の入り口からこの泉までの距離は離れている。

正体を隠す者にとってここまでリラックス出来る憩いの場は他にない。

だからついつい気を緩めてしまうのだろう。

「今にして思えば、お前に正体がバレてしまったのも僥倖《ぎょうこう》だったな。存外に疲れるんだよ、正体がバレないように気を張っているというのは」

「私もそうなので分かりますよ」

「ああ、お前なら分かってくれるだろうな――」

ぽすり、とリリムの方に重みが乗っかる。

先程まで隣でお喋《しゃべ》りしていたルーゴが急にもたれ掛かって来たのだ。

「あれ!? る、ルーゴさん!?」

突然のことで急速赤面したリリムがルーゴを引っぺがそうとするも、その手を止める。

寝息を立てていたからだ。

「……本当に、ずっと気を張っていたんですね」

ルーゴにそのつもりはなかったのだろうが、溜《た》まっていた疲れと、力の抜ける泉の効果もあって張りつめていた糸がついに切れてしまったに違いない。

リリムはルーゴが人前で無防備を晒している姿を見るのはこれが初めてだった。

先程の『どうしたら良いか分からなかった』『気が気でなかった』『怖いんだ』と弱音を漏らす姿を見るのも初めてだった。

「ゆっくりと眠ってくださいね」

ずるりと下がるルーゴの頭を支え、膝に降ろして枕にする。

「おやすみなさい、ルーク様」

こんこんと眠るルークにリリムはそっと言った。

第7話　胃袋強奪作戦

診療所の台所から今日も今日とて良い香りが漂ってくる。

リリムが村長宅で錬金術に勤《いそ》しむルーゴとラァラの為《ため》にお弁当を拵《こしら》えているのだろう。

ついつい美味《おい》しそうな香りに釣られてしまったペーシャは、テーブルの上に置いてあったお肉を一つ拝借して口の中に放り投げた。

「あ、ペーシャちゃん！　つまみ食いは駄目ですよ！」

「ひぃ、ごめんなさいでっす。でもでも、こんなに美味しそうなお料理を作るリリムさんも悪いんでっすよ、反省してくださいでっす」

「あなたは何を言っているんですか」

シルフは鼻が利くので美味しそうな料理の香りには抗《あらが》えないのだ。

ふと何者かの気配を感じて背後に視線を送れば、マオステラが扉の隙間からテーブルの上にあるお肉に狙いを定めていた。やはり神といっても所詮はシルフらしい。

ペーシャがリリムの隙を突いてお肉を一つ拝借し、扉の隙間に放り投げればマオステラの口に吸いこまれた。

これで貸し一つ。またあの不思議な泉に連れて行って貰《もら》おう。

なんて考えていると、

「ペーシャちゃん、駄目って言いましたよね？」

「ひぃ」

リリムの冷たい目がこちらを睨《にら》み付けていた。

「まあ、良いでしょう。シルフはいたずら妖精ですからね。許してあげます」

「お？」

何故《なぜ》だか上機嫌のリリムがつまみ食いをお咎《とが》めも無く許してくれた。いつもならお玉で頭を軽く小突かれるのだが今日はそれがない。一体どういうことなのだろうか。

もしかすれば、あの不思議な泉での出来事が関係しているかも知れないとペーシャは直感する。

あの日、泉の奥で遊んでいたペーシャ達《たち》が戻ってくると、リリムがルーゴに膝枕していたのだ。

あれからというもの、リリムは常にご機嫌である。

先程までは直感であったが、今にして思えばこれが理由であると確信を持てる。

「ひっひっひ〜、リリムさんリリムさん、泉でルーゴさんに膝枕してあげてから何だか上機嫌でっすね？」

「そうですね、ルーゴさんも偶《たま》にはそういう時があるんですよ」

「あれ？」

いつもならこうしてからかってあげると、リリムは顔を真っ赤にして否定してくる筈《はず》だったのだが今日はそれがない。

こりゃまずいことになるなとペーシャに悪い予感が走る。


「ねぇペーシャ、最近リリムとルーゴってちょっと良い雰囲気じゃない？」

つまみ食いをしてから数十分後。

悪い予感が的中したのか、診療所でエルの様子を見ている筈のティーミアが、何やらぷりぷりとした様子でペーシャに相談してきたのだ。

泉での出来事を同じく目撃してしまったティーミアには思う所があるのだろう。なにせ彼女はルーゴと赤ちゃんを作ってやるとまで言っていたのだから。

「この間なんてリリムったらルーゴに膝枕してたじゃない！　あれはあたしの仕事なのに！」

「別に妖精王様の仕事じゃないと思いますけどね」

「うるさいうるさい！　あたしの仕事なの！」

中立的な立場で指摘してやれば火に油を注いでしまったようだ。

妖精王という立場も忘れて子供のように地団駄を踏んでいる。

そういうところだぞとペーシャは他人事《ひとごと》に思った。

「もう好きだから結婚してくれって言ったら良いじゃないっすか」

「てきとう過ぎない？」

ペーシャ的にはこれが一番効果的なのではと断言出来るのだが、ティーミア的にはそうではないらしい。実に面倒だ。

「ほらほら、さっさと正直な気持ちを伝えに行きまっすよ。私も協力してあげまっすから」

「ちょちょちょ！　待って待って！　いきなり過ぎるわよ！　心の準備ってものがあるでしょうが！」

「早くしないと別の誰かに取られてしまいまっすよ？　妖精王様は知ってまっすか、最近リリムさんが忙しいルーゴさんにほとんど毎日お弁当を作ってあげているのを」

「知ってるわよ。それがどうしたってのよ」

「私は聞いたことがありまっす。人間達は想い人《おもびと》を捕まえる為に、まず胃袋を摑《つか》むのだとか。もしかしたらリリムさん……、それを実践していたりして」

「え」

なんて脅し掛けてみれば、ティーミアの顔色が青くなっていく。

「そ、それはまずいわね。先を越されちゃうわ……」

「恋は仕勝ちって奴《やつ》でっす。妖精王様も積極的に仕掛けていかないと、リリムさんに取られちゃいまっすよ」

「で、でも……拒否されたら怖いじゃない？」

「まあ、それもそうっすね。じゃあ妖精王様はどうしたいんすか？」

「出来ればルーゴの方から言い寄って欲しいわね。私、リリムから本を借りたことがあるのよ。恋愛小説？ってやつ。その本ではね、白馬の王子様が主人公のことを迎えに来てくれて、最終的に結ばれるの。そういうのに憧れちゃうなぁ」

確かにリリムが暇な時にそういった本を読んでいることをペーシャは知っている。なにしろ同居人なのだから。リリムの自室にある本棚は恋愛小説で埋め尽くされている。

その本を借りて読んでみた事があるらしいティーミアは、頬をほんのりと朱に染めて願望を語っていた。

「他には騎士様って人がね、ピンチのヒロインを助けてあげたりするの。あ、ルーゴって真っ黒な兜《かぶと》をしてるから、騎士っぽくないかしら？」

「暗黒騎士の間違いじゃないすかね」

黒鹿毛《くろかげ》の馬に跨《また》がって戦場を駆け回ってそうではある。

そっちの方が似合っているし格好良いとペーシャは思う。それを伝えればティーミアは「そんなことないわよ」と頬を膨らませてしまったが。

「ひとまず、私はルーゴから手を伸ばして欲しいのよ」

ペーシャに指先を突き付けてティーミアは宣言する。

「その為にはまず、私の好感度を上げないとね。ペーシャも私に協力してくれるって言うのなら、そっちの方で協力して欲しいわ」

「は、はぁ。別に良いすけど。面白そうだし」

では、どうやってティーミアの好感度を上げるのか。

そっち方面の知識が無い二人のシルフは大人の知恵を頼ることにした。

「ほう、それでワシを頼ったのか。良い人選じゃな」

大人とはつまりマオステラ。

彼女はこの世界に生きるシルフ達の祖先と言われている。祖先と言うからには、大人の付き合いといった諸々《もろもろ》の経験値が豊富だろう。

だからペーシャとティーミアは、診療所で居候をしている彼女を頼ってみることにした。

「それにしても、ティーミアはルーゴのどこが気に入ったんじゃ？」

「べ、別にそういう訳じゃないですし」

「相談しておいてそれか。お前は実に面倒な性格をしておるな。まあ、魔物は本能的により強い者を伴侶に選ぶからの。あいつは腕っぷしだけは一丁前じゃからな」

よし分かった、と頷《うなず》いたマオステラは指を立てて提案する。

「リリムの奴に先を越されそうと言うならば、逆に先を越してやれば良いんじゃ」

「ん？　つまりどういうこと？」

「私達にも分かる様に言ってくださいでっす」

「胃袋を強奪してやるんじゃ、人間は家庭的な女性に惹《ひ》かれやすい傾向がある。ならば、より凄《すご》い弁当を作ってリリムを圧倒してやるんじゃ」

「なるほど！　それは良い作戦だわ！」

マオステラの提案にティーミアが拳を握り締める。

しかしペーシャの方はというと、どこか浮かない表情をしていた。

診療所で暮らしているペーシャは、リリムの料理の腕前を知っている。

そしてティーミアと長い付き合いであるペーシャは知っているのだ。

「妖精王様ってお弁当作ったことあるんすか？」

ティーミアは料理なんてしたことがないことを。

「な、ないけど？」

その一言にペーシャはこの勝負、望み薄だなと確信した。

◇◆◇

リリムが最近、ほとんど毎日ルーゴに弁当を届けていると知ったティーミアは、リリムへの対抗心とマオステラの助言も合わせて、ルーゴの胃袋を摑み取ることにした。

となればまずは食材だと、現在ペーシャはティーミアにマオス大森林へと連れて来られている。

確かにマオス大森林は豊富な種類の山菜や木の実等が採れる食材の宝庫なので、ここを食材調達の場に選んだのは正解だろう。

ティーミアは森の幸で勝負を挑むらしい。

「それで、妖精王様は何を狙っているんでっすか？」

「そうそう、それなんだけどね、ペーシャにちょっと【探知魔法】を使って欲しいんだけど」

「お安い御用でっす」

頷いたペーシャが腕を振るって【探知魔法】を行使する。

周囲一帯の風を自身に手繰り寄せて、空気に乗った匂いを嗅ぎ分けていく。

「どう？」

「私から見て右前方に美味しそうな香りの木の実がありまっすね」

「他には？」

「ちょっと遠いっすけど左の方には山菜の類が。あとは真正面、すぐ近くにブラックベアが居ますから注意でっす」

なんて魔物が居ると注意を促せば、ティーミアは「ビンゴ！」と指を弾《はじ》いて手の平を突き出す。

前方に魔物が居ると分かれば後は容易《たやす》い。微《かす》かに漏れ出ている魔力を感知して、ティーミアはお得意の【窃盗魔法】を繰り出した。

すると、遠くから魔物の悲鳴が聞こえてくる。

すぐに声がした方へと向かえば、魂を奪い盗《と》られてしまった物言わぬブラックベアがそこに転がっていた。

「その魔法、何度見てもエグイっすね。私は絶対に受けたくないでっす」

「心配しなくても仲間にこの魔法は向けないわよ」

突然【窃盗魔法】で魂を抜かれてしまったブラックベアは驚いたことだろう。

なにせこの魔法はルーゴの様に魔法耐性が無ければ、抗う事も出来ない問答無用の一撃必殺なのだから。

「これで食材調達は完了ね。ブラックベアって美味しいらしいし、きっとルーゴも気に入ってくれる筈だわ」

ティーミアの言う通りでブラックベアは美味な食材として人気が高い。

王都でもブラックベアの食材としての価値は高く、危険生物として登録されているこの魔物は討伐難易度が高い為、市場に出回ることが少ない高級食材として扱われている。

ペーシャは以前、リリムにこの魔物の肉を使った熊鍋をご馳走《ちそう》して貰ったことがあるが、あれは非常に美味しかったと今思い返してみてもよだれがこぼれてくる。

ルーゴもきっと満足することだろう。

「で、どう料理するつもりっすか？」

「どうって、丸焼きにするつもりだけど」

「料理もへったくれもないっすね」

「じゃあどうすれば良いのよ」

しょうがないなぁ、とペーシャは妖精王の為に一肌脱ぐ事にした。

「妖精王様は丸焼きと言ってまっしたけど、獣のお肉はきちんと処理してあげないと、獣臭が酷《ひど》くて食べられたもんではないっすよ」

そう説明しながらペーシャは風を操って魔物の体を持ち上げる。

近くに川があるのを魔法で探知していたので、そこでお肉が傷まないよう丁寧に血抜きや内臓を取り除くといった下処理を行っていく。

「なるほど、下処理ね。とりあえず焼いておけば美味しくなると思ってたわ」

「ワイルドが過ぎまっすよ妖精王様は」

ティーミアが感心した様な目を向けてきたので、ペーシャはどこかの妖精王ではないがふふんと鼻を鳴らして下処理を続けた。

「よし、下処理は全部終わったので、さっそくリリムさんの家で料理してみるっすよ」

「ほいほい、楽しみね。わくわくしてくるわ」

風の刃《やいば》で毛皮も剝いだので、こちらは村の革細工屋に渡すことにする。

肝心のお肉はペーシャの自宅、ではないが診療所の台所を借りて調理する事にした。

「リリムさん、台所借りても大丈夫でっすか？」

「ん？　あ、はい。別に構わないですがって……どわぁ!?　なんの肉塊ですかこれ!?」

「ブラックベアでっす」

処理の終わったブラックベアを見てリリムは酷く驚いていたが、「残ったお肉は全部あげまっす」と言えば、ほくほくと嬉《うれ》しそうに台所を貸してくれたので良しとする。

やはりブラックベアのお肉は人気らしい。

「それで、このお肉はどう料理するのよ？」

「せっかく新鮮で良いお肉が手に入ったので、ここはステーキにしましょう。男の人ってこういうのが好きらしいっすよ。きっとルーゴさんも気に入ってくれまっす」

「ほぇ～、良いわね」

ペーシャは風の刃を使って手頃な大きさにお肉を切り分け、フライパンに乗せて火を通していく。あまりこういうことは得意ではないが、リリムと共に暮らすペーシャはたまに料理のお手伝いをしているので、まったく出来ないといったことはない。

ブラックベアの肉はそこまで獣臭はしないのだが、臭みを消す為にとリリムから香辛料を借りて香気を与えてあげる。

中まできちんと火を通していけば、ペーシャ特製のブラックベアステーキが出来上がった。

「どっすか妖精王様、ブラックベアはこうやって調理するんすよ」

「すごいわペーシャ、あんたやるわね！」

「へっへっへ～、それ程でもありまっす！」

さっそくルーゴに食べて貰おうと、二人のシルフは皿にステーキを乗せて村長宅へと羽を羽ばたかせる。

ペーシャは何かを忘れている気がしたが、まあ忘れているくらいだしそれほど重要な事でもないだろうと村長の家に降り立った。

太陽はやや真上に位置している。

僅かにお昼は過ぎてしまっているが、ルーゴはそこまで気にしないだろう。

「こんにちはでっす！　お邪魔しまっす……ってぎゃわッ！」

玄関の扉を勢い良く開け放つと、生肉を香水で煮込んだような激臭がペーシャの鼻を貫いた。

「なんすかこの臭いは!?」

そういえばリリムがこんなことを言っていたとペーシャは思い出した。ラァラの錬金釜からは馬鹿みたいな異臭が放たれていると。

シルフ達は匂いに敏感なのでいくらなんでもこれは堪《たま》ったもんではない。

「それでもあたしは行くわよ、ルーゴにこのブラックベアステーキを届ける為に」

「うおぉ、勇気ありまっすね。見直したっすよ妖精王様。お供しまっす」

勇気溢《あふ》れる妖精王を先頭にペーシャ達は村長宅の中へ進行を開始する。

居間までなんとか辿《たど》り着けば、そこではルーゴが錬金釜をかき回していた。

「ルーゴさん！　お邪魔しまっす！」

「ちょっとあんた！　こっち来なさいよ！」

「む、突然どうしたんだ二人共、俺に何か用か？」

近くにはラァラも居たがこちらの様子を見て状況を察したらしく、特に話に割って入るでもなくそっとその場から身を引いてくれた。

ペーシャがぐっと親指を立てれば、ラァラも親指を立て返す。ノリが良い。

さっそくペーシャは手に持つブラックベアステーキをルーゴに差し出した。

「これどうぞ！　食べてくださいでっす！」

「あんたの為に用意したのよ！　感謝しなさいよね！」

「お？　これは……ブラックベアの肉か、精がつきそうだな。ははは、嬉しいよ。ありがとな二人共。リリムの弁当を食べた後だが頂くよ」

皿を受け取ったルーゴはそばにあった椅子に腰を下ろして、さっそくブラックベアステーキに口を付ける。

兜の上から器用に肉を食べているのが気になってしょうがないが、それ以上にティーミアはルーゴがどんな反応を示すのか気になるようだった。

普段、割と好戦的な面を見せることが多い妖精王だったが、存外に可愛《かわい》いところもあるなとペー

シャは思っていると、

「ペーシャ君、ペーシャ君」

背後から小声で名前を呼ばれた。

振り返ると、視線の先でラァラがちょいちょいと手招きしている。

一体どうしたのだろうかと駆け寄れば、ラァラが小声で耳打ちする。

「あのお肉ってルーゴへのプレゼントってことなのかな？」

「そっす。リリムさんのお弁当に嫉妬した妖精王様が対抗心燃やしたんすよ」

「へぇ、じゃああれはティーミア君がお料理したものなのかい？」

「え？　私が作りまっしたけど」

「あはは、やっぱりね。駄目じゃあないか、ティーミア君に料理させないと」

「あっ」

そういえばと思い出す。

今回、ブラックベアという食材を用意したのは、ティーミアがルーゴの胃袋を摑む為だ。

ペーシャはティーミアに褒められてついつい下処理から調理まで、全ての工程を自分一人で何もかもやってしまった。

本来なら下処理は良いとしても、ティーミアが料理をしなくてはお話にならない。

やっちまったとペーシャは頭をおさえる。

何か忘れていた気がしていたが、重大な事を忘れていたようだ。

ふとティーミアの方に視線を向ければ、

「これね、これね！　あたしが捕ってきたの！」

「ほう、そうか。ブラックベアは熟練の冒険者でも万全を期して討伐に臨む相手だというのに、流石《さすが》はティーミアだな」

「でしょ！　もっと褒めていいわよ！」

とても楽しそうな一時《ひととき》を過ごしていた。

ペーシャはなんだか居た堪《たま》れない気持ちになってくる。

「ティーミアは冒険者で言うとAランクに匹敵するかもな」

「ふふん、いつかエルも超えてやろうかと思ってるんだからそれくらい当然よ。あんただって超えてやるんだからね、心しなさい」

「ははは、俺もうかうかしていられんな。それで、これは誰が調理したん――」

会話は続き、ルーゴがついにその話題に触れようとしたのでペーシャは慌てて二人の間に割って入った。

「ちょっと待ったっすルーゴさん、その話題は禁忌でっすよ」

「なんでだ」

「い、いや、理由は特にないっすけど、とにかく禁忌でっす」

「なんでだ」

「とにかく駄目っす」

それでも「なんでだ」としつこいルーゴは首を傾《かし》げていたので、ペーシャはティーミアの手を引っ張って戦略的撤退を行使することにした。

しかし肝心のティーミアは「なによ、せめて味の感想くらいは聞かせなさいよ」と戯言《たわごと》を抜かしていたので、ペーシャは撤退する足を更に速める。

というかこの異臭を放つ村長の家から一刻も早く抜け出したかった。

「ちょちょちょ、待ちなさいよペーシャ。せっかく良い雰囲気だったのに台無しじゃない」

もう既に台無しなんだよとペーシャはルーゴから距離を取る。そしてティーミアに事を説明した。

「妖精王様、目的を忘れてまっしたけど、あのブラックベアステーキ、調理したの私でっす」

「んぇ？　それがどうかしたの？って、あ……」

ようやくティーミアも理解してくれたようだ。

ルーゴの胃袋をリリムから奪還する作戦が破綻していることを。この作戦の実行役はティーミアでなくてはならないのだから。

こうして二人のシルフによる胃袋強奪作戦は失敗に終わった。

第8話　王盾魔術師団からの手紙

「そういえばマオステラさんっていつまでアーゼマ村に滞在するんですか？」

「なんでそんなことを聞くんじゃ」

早朝。

診療所に居候させているシルフの三人組を叩《たた》き起こし、いつも通り朝食を済ませている時にふとリリムはこう思ったのだ。

マオステラはいつまで診療所、というかアーゼマ村に居るつもりなのだろうかと。

別にお邪魔扱いしている訳ではないが、彼女がこの村に来てから今日で既に四日目。

同じシルフとして、シルフが住む村の様子を見てみたいと言っていたがもう十分なのではないかと。

「あ！　リリムったら神様を虐《いじ》めたら駄目よ！」

「そうっすよ、今に神罰が下りまっす」

一緒に朝食をとっていたティーミアとペーシャがやんややんやと言い始める。

マオス様降臨祭を開くと言っていたティーミアはまだ良いとして、ツタの鞭《むち》で背中に強烈な一撃を受けたペーシャの方はそれで良いのだろうか。

「うるさいですよ二人共。別に意地悪してる訳じゃないんですから。私はマオステラさんに診療所を宿として貸している立場なので、ちょっと確認がしたかっただけなんですよ」

「いつまでか……、う～む」

マオステラが朝食のパンを片手に唸《うな》り始める。

どうやら具体的なことは何も考えていなかったらしい。

「特に考えてなかったの」

「あ、やっぱり」

「やっぱりって何じゃ。邪魔だから出て行ってくれと言いたい訳か。そんなに年寄りを虐めておるといつか罰が当たるでの」

「別にそんなんじゃないですけど……、というか年寄りって言いましたか今？　マオステラさんって何歳なんですか？　五百？　千歳とか？」

「年寄り扱いするでない！」

「何を言っているんですかあなたは」

リリムは老人の多い田舎村のアーゼマに住んでいるので、年寄りの扱いには多少の心得があったのだが流石《さすが》に歳《とし》の話は駄目だったようだ。

「いえ、すみません。シルフの祖先という割には、見た目が随分若々しいなと。ティーミアやペーシャちゃんと見比べてもあまり変わりがないので少し気になっちゃいましてですね」

「若々しい？　ほ、ほう？　そうかそうか、ならば許してやらんこともない」

パンを頬張りながらマオステラが自信満々と胸を張る。

こういうところは同じシルフのティーミアにそっくりだ。

同じ妖精王を名乗っていることといい、性もティーミアと同じくラタトイプと名乗っていた。もしかすれば何か関係があるのかも知れない。

そちらもそちらで気になるが、マオステラの機嫌が直ったのでリリムは話を戻すことにする。

「話を戻しますがマオステラさんはこれからどうするおつもりですか？　村に残りたいと言うのでしたら、診療所を宿にしても全く構いませんけど」

未《いま》だ寝たきりであるエルの看護のお手伝いとしてティーミアが、元々診療所のお手伝いとしてペーシャがこの診療所で寝泊まりしているが、そこにマオステラが一人加わったところで大差はない。

彼女は小食なので食費面でも問題なし。

最近では冒険者ギルドにロカの丸薬を納めているので、金銭面では余裕がある方なのだ。

「マオステラさんには泉の件でちょっとした恩もありますからね」

「ふむ、そうか。ならばもうしばらくはこの診療所に泊めて貰《もら》うとするかの」

気になることもあるしな、と続けながらマオステラは気難しそうな顔をしてパンを一齧《ひとかじ》りする。

「気になること？　マオステラさんがですか？」

「うむ」

いつになく真剣な表情だ。

神を自称するマオステラが何を気に病むというのだろうか。

森で初めて遭遇した時とは違い、最近では穏やかなところしか見ていなかったリリムは少々面食らってしまう。

「あ、それってもしかして、マオステラさんが最近ハマってるリリムさんの恋愛小説でっすか？」

朝食を平らげて暇になったのか、ペーシャが余計な茶々を入れて来る。

「うむ、あれは良き物語じゃ。ワシはああいう甘酸っぱいものが好きでの」

「あたしも好きよそれ！　本棚にあるのは全部読んじゃったから今二周目なの！」

「ほほう、ティーミアもか。ワシも全部読んでしまったでな。これリリム、新刊はまだか」

見事に話が脱線してしまった。

それともマオステラが気になっているのは本当に恋愛小説なのだろうか。

「新刊は再来月ですから、それまで待っててください。それよりもマオステラさん、気になることってなんですか？」

「おっと、すまぬの。あれじゃ、ワシが前に言っておった悪意の匂いについてじゃ」

「エルさんですね」

「うむ、そうじゃ」

マオステラはリリム達《たち》に付いていた悪意の匂いを察知して森で襲い掛かって来た。

その大本はエル・クレアだったので盛大な勘違いだった訳だが。

「いつだか言っておったの。あの娘はもう一人の襲撃者、王盾魔術師を名乗る男と共にアーゼマ村を襲ったとな」

「ロポスです。でもあの人の方はもう大丈夫ですよ。ルーゴさんが倒しちゃいましたから」

「本当に大丈夫だと思うておるんか？」

「ち、違うんですか？」

「甘く考え過ぎじゃ。奴《やつ》が本当に王盾魔術師ならば、この村は国に狙われたということじゃぞ。ロポスという男が何を目的としてこの村を襲ったかまでは知らぬが、それは未遂で終わっておる」

未遂に終わった襲撃。

それが意味するのは、

「近い内にまた来るぞ、襲撃者がの」

それが、マオステラの気にしていること。そう言いたいのだろう。

ガラムにエルの居る診療所の警護を頼んだりとリリムも薄々分かってはいたが。

「なに？　エルみたいに強い奴がまた襲ってくるって言うの、マオステラ様」

「あくまで可能性の話じゃや、ティーミア。心しておけということじゃの。現に竜の騒動で作ったという、この村を囲う【魔法障壁】も、村中を闊歩《かっぽ》するゴーレム達もルーゴはそのままにしておるでな」

確かにマオステラの言う通り、竜の襲撃に備えて作り出した【魔法障壁】もゴーレム達も、ルーゴは解除しようとはしていない。

そんなことをしている暇がないのもそうだが、ルーゴは次の襲撃者を警戒しているのだろう。

「私、襲撃者の騒動で一度変な薬を盛られて大暴れしちゃったので怖いですね。ルーゴさんにちょっと相談してこようかな」

「なんじゃ、ルーゴを頼るつもりなのか。この家にはワシがおるというのに」

朝食を終えたリリムが食器を片付ける為《ため》に席から立ち上がると、向かいに座っていたマオステラが不満そうな顔をしていた。

「ワシだって強いんじゃぞ。襲撃者の一人や二人、すぐに叩きのめしてやる。それにお前はストナウルフを従えておるんじゃ、呼び出して番犬をして貰えばなお安心じゃろう」

「なるほど……、それも良いかも知れませんね。ただ、これからルーゴさんとラァラさんにお弁当を届けに行くので、ついでにちょっとお話するだけですよ」

食器を片付け、既に用意していたお弁当を手にする。

何故《なぜ》かティーミアがリリムの作ったお弁当に怪訝《けげん》な視線を送っているのが気になるが、知らないふりをして外出の準備を進めて診療所を後にする。

「ストナちゃんか……、私もまた会いたいですし、割と良い考えかも……」

ガラムの話では、ストナウルフはAランク冒険者に匹敵する力があるらしく、それはつまりあのリーシャやエルと同等の実力を持つということだ。

他にはファラしかAランク冒険者を知らないが、ストナ一匹でも診療所に居てくれれば心強い味方になってくれるだろう。

「また【召喚魔法】に挑戦してみよっかな」

先程のマオステラの提案を反芻《はんすう》しながら、リリムは村長宅へと足を進めた。


「ふぅ、食べた食べた。ご馳走《ちそう》さんでした」

テーブルに並べられたお弁当を平らげたファラが満足そうに手を合わせる。

「リリム君、いつもありがとね。とても美味《おい》しかったよ。流石はうちのギルドで贔屓《ひいき》している薬師だ」

料理の腕前にギルドが関係するかはさておき、更地と化したテーブルの上を眺めるリリムの心中は穏やかではない。

ギルドの一件にてルーゴが健啖家《けんたんか》であると知っていたリリムは、彼ならこのぐらいは食べるだろうと結構な量のお弁当を持って来ていたのだが、彼女はそれをペロリと平らげてしまう。

「ラァラさんも結構食べるんですね」

ラァラの背丈はリリムより低く小柄な方なので、あの体のどこに入って行ったのか甚だ疑問であった。

もしかすれば錬金術が関係しているのかも知れない。

指を弾《はじ》くだけで部屋の内装を変えてしまうラァラのことだ、もしかすれば摂取した物を魔力――すなわちエネルギーに効率良く変換する機関が体内に仕込まれているのかも知れない。

胃が錬金釜になっている可能性もある。

「今ものすごく失礼なこと考えてないかい？」

「うッ、そんなことないですよ」

図星を突かれたリリムが誤魔化す様に弁当箱を片付け始める。

隣のラァラは未だ腑《ふ》に落ちない表情をしていたが、すぐに吹っ切れたのか体を伸ばしてすくりと立ち上がった。

「さて、それじゃあルーゴ、錬金再開といこうか」

「ああ、そうだな」

同じく大量のお弁当を平らげたルーゴも席を立つ。

そして、すぐさま棒を手にして錬金釜をかき回し始めた。

「そういえばルーゴさん、それは一体何をしているんですか？」

お弁当を片付け終えたリリムが錬金釜を覗《のぞ》き込む。釜の中は、ただ異臭を放つ液体で満たされているだけであった。

それをルーゴが延々とかき混ぜ続けているのだからリリムは不思議に思う。

特別、何かが混ざっているようには見えないのだが。

「俺も錬金術に詳しい訳ではないのだが、確かラァラは攪拌《かくはん》がどうと言っていたな」

どうやらルーゴも錬金術に聡《さと》い訳ではなく、ラァラの指示に従っているだけの様子。

攪拌と言うからには何かしらの素材を液体に混ぜ込んでいるのだろう。その疑問には、いつの間にか白衣に着替えていたラァラが答えた。

「白竜の鱗《うろこ》を細かく砕いた物を混ぜているんだよ」

「ええぇッ！　竜の鱗!?」

ラァラは手にしていた一枚の小さなガラスの様な物をリリムへと手渡した。

何故だか薄く発光するそれは、ラァラいわく『白竜の鱗』と呼ばれる物とのこと。

「ほ、本当にこれが竜の鱗なんですか？」

「うん、そうだよ。俺が特別なルートで仕入れた貴重な物だ。それ一枚でリリム君が一年は何不自由なく暮らしていけるくらいのお金になるよ」

「一年!?　ひ、ひい、お返しします！」

そんな貴重な品を安易に手渡さないでくれと、リリムは丁重に白竜の鱗をラァラへお返しする。

もし傷でも付けようものならどれ程の賠償額になるのだろうか。

たった一体で国を滅ぼす力を持つと言われる竜は討伐自体が困難な為、その素材が市場に出回ることはほとんどなく、鱗の一枚にすら希少価値がある。

そんな竜の鱗を仕入れてくるとは、流石はギルドマスターだとリリムは感心する。

「それとルーゴが持ってる棒は竜の牙を素材に作られた物だよ」

「竜の牙!?　ち、ちなみにお値段にするといくらなんですかね？」

鱗の一枚が一年分の生活費になるならば、竜の牙とやらは一体いくらになるのだろうか。

純粋に興味が湧いたので聞いてみれば、

「王都の一等地に家を建てられるかな」

「一等地に家が!?」

そこまで裕福ではないリリムは、その桁違いな素材の価値に驚くばかりだった。

まさかあの棒一本で家が建つとは思いもよらなかった。

そんな物を錬金術にぽんぽん使用できるラァラを少しだけ羨ましく思う。

「ちなみにラァラさん、白竜の鱗ってどんな効能があるんですか」

「竜の鱗は魔力を封じ込める力を持っているんだよ」

「なるほど、そんな効果が」

「それを液体に溶かし込むとどうなってしまうのだろうね」

説明しながら錬金釜へと向けた指先を振るうと、何故だか釜から拳ほどの水の塊がラァラのもとへと引き寄せられた。

ラァラが目配せで合図を送ると、ルーゴが宙に浮く水の塊に炎の魔法を放つ。

するとどうだろうか。

炎は水の中へと吸い込まれ、まるで封じ込まれたかの様に未だ水中で燃え盛っていた。

「どうだい、すごいだろう」

「ほ、ほぇ～。水の中で燃える炎だなんて初めて見ました」

見慣れない光景にリリムは目を丸くした。

先程ラァラが説明した通り、白竜の鱗は魔法を封じ込める効果がある。

それ故に竜は魔法に対して強い耐性を持っている。それが竜討伐の難易度、延《ひ》いては竜素材の価値に拍車を掛けているのだ。

続けてラァラは炎の魔法を封じ込めている液体を、リリムへ見せつけるようにして掲げた。

「これは豪水と呼ばれる液体だ。その効果は、溶かし込んだ素材の性質を引き継ぐといったものでね。つまり竜の鱗を豪水に溶かせば『魔法を封じ込めてしまう魔法の水』が完成するといった訳だ」

得意気に笑みを作ったラァラは、炎を封じ込めた豪水をあろうことか握り潰してしまう。熱くはないのだろうか、というリリムの心配を余所《よそ》にラァラは続ける。

「この様に、錬金術は『素材となる何か』と『もう一つ別の何か』、それらが本来持っている性質を掛け合わせることによって、ありとあらゆるものを自在に生み出すことが出来るんだよ」

「なるほど？　たとえると、薬草とお饅頭《まんじゅう》を組み合わせる事が出来れば『食べると回復するお饅頭』が完成するという事ですね？」

「そうそう」

正解だと言ってラァラは指先をリリムに突き付けた。

向けた指先をそのまま弾けば、何もない所から『黄色い花』が出現してラァラの手に握られる。

「そしてこれは応用になってしまうんだけど、錬金術を用いれば黄色い花が持つ『魔力超過』という性質を、杖《つえ》となってしまった人達へ付与する事が可能だ」

「応用？　ちなみにそれはどうやるんです？」

「詳しい工程は……、ひとまず今は説明を省こうか。とりあえず豪水の中に黄色い花を溶かし込むんだよ。杖になった人をそこに浸せば魔力超過を引き起こすのさ」

【変化の魔法】を受けた者は、体内に循環する魔力を乱された状態で固定されてしまう。

その固定された状態を、黄色い花が持つ魔力超過の性質で乱すという説明をリリムは以前に受けていた。

だがこの場合、既に錬金釜で溶かしていた白竜の鱗はどういった役割を担うのだろうか。

疑問符を浮かべたリリムにラァラは答えを示す。

「豪水の中に【解除魔法】を封じ込めるんだよ。固定された魔力を乱した瞬間、すぐさま【解除魔法】で杖から元の姿へと戻せるようにね」

「なるほど、それで白竜の鱗が必要だったんですね。とても高価な品なのに、ありがとうございます、ラァラさん」

一言礼を添えてリリムは丁重に頭を下げた。

その様子に驚いた素振りを見せるラァラだったが、リリムは更に深く頭を下げて礼を重ねる。

【変化の魔法】の被害者を救い出す為に、ラァラは高価な素材である竜の鱗を惜しみなく使用してくれた。

——ギルドで抱える薬師の憂いは払っておかないとね。

そう言ってラァラはアーゼマ村へ助力してくれている。

今、村に居る冒険者達もそうだ。

ガラムは診療所を、ルーゴの魔法講習で居合わせた冒険者達は、村に再び怪しい者が近付いて来ないか警戒してくれている。

感謝以外の言葉がまるで出てこなかった。

「ラァラさん、白竜の鱗等の代金は何としてでもお返ししますので、どうか村長達をよろしくお願いします」

ラァラの錬金術なら必ず【変化の魔法】を解いてくれる筈《はず》。

というよりも、他に当てが全くないのがリリムの、そしてアーゼマ村の現状だろう。

再びリリムが頭を下げようとすると、ラァラはくすりと笑って手を振った。

「気にしなくて良いよリリム君。白竜の鱗の代金なんて要らないし、俺なんかに頭を下げる必要は無い」

「で、でも……」

「本当に大丈夫だからさ。俺がやりたくてやってるんだ、それに前も言っただろう？　ギルドで抱える薬師の憂いは払うってね。君がギルドの薬を納めてくれるだけで俺は満足さ」

そう言ってくれるラァラの心遣いにリリムは感謝しかなかった。

なんだかラァラの姿が眩《まぶ》しく見えるのは気のせいだろうか。見た目こそ少女にしか見えないが、今のリリムには彼女が思わず頼りたくなる大人の女性にしか見えない。

「ラァラさんは優しい人ですね、どうしてここまでしてくれるんですか？」

「いやぁ〜、それはルーゴがね！　助力してくれたら冒険者ギルドの仕事を積極的に手伝うって言ってくれたんだよ！　俺は嬉《うれ》しくてね！　彼が居てくれたらギルドで溜《た》まってる魔物駆除の依頼が捌けること間違い無しだよ！」

ん？　とリリムは首を傾《かし》げる。

「今のギルドは常に人員不足でね！　人材を育成しようにも優秀な指導員すら不足している状況なんだよ！　ルーゴが居てくれたらそれも全部解決さッ！」

喜色を満面にぶちまけたラァラはニッコニコの笑顔でルーゴの背中をバシバシと叩き始める。

ルーゴは「やめろ」と振り払うも、ラァラの手が止まる気配は無い。

「さて！　そういうことだから絶対に【変化の魔法】は解いてみせるから期待しててね！」

機嫌の良さそうなラァラがルーゴが手にしていた棒を奪い取り、錬金釜をぐるぐるとかき混ぜ始める。

「は、はぁ……」

したたかな人だなぁとリリムは心の中で呟《つぶや》いた。

そしてルーゴに耳打ちする。

「ラァラさんってあんな感じの人でしたっけ？」

リリム的にはもう少し静かでクールなイメージがあったのだが。

「いや、そんなことはないのだがな……、あいつもあいつで苦労しているのだろう。あれで冒険者ギルドのマスターをやっているのだからな。気にしないでやってくれ」

「そ、そうですね」

鼻歌交じりに錬金釜の前に立つご機嫌のラァラを横目に、リリムはそういえばと診療所での話をルーゴに打ち明ける。

ルーゴ達にお弁当を届けるついでに相談しようと思っていたのだ。

襲撃者が近い内にまた来るとマオステラが言っていたことについて。

「そういえばなんですけどルーゴさん」

「なんだ」

「あくまで可能性の話だと言っていたのですが、マオステラさんはまた襲撃者がこの村に来るのではないかって。それってルーゴさんが【魔法障壁】を解かないのと、何か関係があるんですか？」

「ああ、その通りだ」

リリムが問うと、ルーゴが即答する。

「また同じような奴らが来ると言えば、リリム達の不安を煽《あお》ってしまうと思って黙っていたのだがしょうがない。まあ近い内にお前にも話さなければならないことだったしな」

そう言ってルーゴが懐から一枚の手紙を取り出した。

「ルーゴさん、それは？」

「王国の王盾魔術師団からの手紙だ。何でも最近、王国とその周辺地域で魔物の被害が増えているからと、このアーゼマ村に精鋭の魔術師を一人配備してくれるらしい」

「は、はぁ？」

このタイミングで王盾魔術師を一人寄越《よこ》してくると。

何か良からぬことを企《たくら》んでいることは流石のリリムでも確信が持てる。

「断りましょう」

「それは出来ない。断れば今度こそまた襲撃者として押し入ってくるぞ」

「むむむ」

何より王国で強い権力を持つ王盾魔術師団の決定に、この田舎村では強く反発することは出来ないとルーゴは言う。

つまりは村に受け入れるしかないのだ。

「それで、一体どんな人が来るんですかね」

「アラウメルテって人だよ」

「へ？」

上機嫌に鍋をかき混ぜていたラァラがルーゴの代わりに答える。

「俺の友人にとある協力者が居てね。その人が教えてくれたんだ、このアーゼマ村に配備されるのがアラウメルテだってね」

「あ、アラウメルテってあの人ですよね……、もしかしなくても」

ラァラから視線を移せば、その先でルーゴが困った様子で頬を掻《か》いていた。

どうやら同名の別人といった訳でもなさそうだ。

「ああ、俺の元パーティメンバーだ。少々面倒なことになってしまった」

ただ面倒と言ってもそのパーティメンバーに一度命を狙われたルーゴからすれば気が気ではないだろう。

「それにね、どうやらアラウメルテはルーゴの兜《かぶと》の下を気にしているようなんだ」

「それもラァラさんの友人が言っていたんですか」

「そうだよ。そして厄介なことにアラウメルテは気付いているらしいんだ。神様の一人であるマオステラさんが顕現条件を満たしたことに。捜し出すつもりだよ、その目的までは教えてくれなかったみたいだけどね」

ルーゴの素顔に興味があり、マオステラが居ることを既に知っている。

そのアラウメルテがこのアーゼマ村にやってくると。

厄介だなんて言葉では済まないだろう。

「ど、どうするつもりなんですか？　ルーゴさんとラァラさんは」

「どうするって言っても、王盾魔術師団が寄越した魔術師をこっちからどうこうは出来ないからね。のらりくらりとやり過ごすことしか出来ないだろうね」

確かにアラウメルテに手出しすれば不利なるのはこのアーゼマ村だ。

彼女が諦めるまでラァラの言う通り、やり過ごすことしか出来ない。

今回ばかりは流石のルーゴも溜息《ためいき》を漏らしていた。

「アラウメルテに言っておかないとな。お前も狙われているぞと」

「そ、そうですね。私の方からも言っておきます」

第9話　面倒臭い仕事

アラウメルテがアーゼマ村に向かった理由は三つ。

一つ目は、任務に失敗したエル・クレアの回収。

二つ目は、村の用心棒ルーゴの素顔を確認すること。

三つ目は、恐らくは顕現条件を満たしたマオスを見つけ出すこと。

この三つさえ達成出来れば後はどうだって良い。

アーゼマ村へは魔物による被害を抑える為《ため》だの何だのと建前を並べた手紙を送ったが、目的を果たすことが出来ればすぐにでも王都へ帰還するつもりだ。

と、アラウメルテは勝手気ままにそう言っていた。

「はぁ……、嫌だなぁ」

冒険者ギルドの学者でありながら王盾魔術師という肩書も持つハルドラは、面倒事に巻き込まれてしまったことを呪いながら溜息《ためいき》を溢《こぼ》した。

「ちょっと〜、ハルドラってばさっきから溜息ばっかり。こっちの気まで参っちゃうからやめて欲しいわぁ」

「アラウメルテ様に僕の気持ちなんて理解出来ないですよ」

ハルドラは冒険者ギルドのマスターであるラァラに脅され、更には英雄ルークとマオスにまで敵対視されてしまっているのだ。

マオス大森林ではラァラの協力者になったことでなんとか命を拾うことが出来たのだが、このまま馬車に揺られながらアーゼマ村の中に入ることは、そのまま死に直結するのではないかと不安になってくる。

王都から馬車に揺られること数時間、やっとこさ辿《たど》り着いたアーゼマ村を見たアラウメルテは、なんともまあ不思議そうな表情をしていた。

「なぁにこれ？」

田舎特有である周囲の風景には相応《ふさわ》しくない強固な壁。

見上げるほど高いこの壁はルーゴが魔物対策に作った物らしく、ハルドラも初めて目にした時は驚いた。

「下手に触っちゃダメですよアラウメルテ様。この壁は結界みたいなものらしいですので」

「ふぅ〜ん？」

なんでこんなものが田舎村に必要あるのか。アラウメルテはそんな顔をしていた。ハルドラも同じことを思っている。仮の話だが、侵入する側からしたら堪《たま》ったものではないだろう。

だからこそ、ハルドラはロポス達《たち》の様に侵入者としてではなく、王盾魔術師としてアーゼ村に入るべきだとアラウメルテに助言したのだが。

「いやはや、すごいもんですな。なんでもアーゼマ村の用心棒さんが作った物らしいですよ。これさえあれば魔物の心配は要らない。王盾魔術師様達が来ても暇するだけかも知れませんな」

がはは、と御者のおっさんは豪快に笑っていた。

「は、ハルドラぁ？　ルーゴって人は何者なのぉ？」

「これで少しは分かりましたか？　普通じゃないんです」

ルーク・オットハイドですよ、などとは言えないのではぐらかす。

「それと、ここから先はくれぐれも慎重にお願いしますよ。ロポスやエルの襲撃を退けるような人と事を構えたくないでしょう？」

「ハルドラったら心配要らないわよぉ。私は竜とも戦ったことのある精霊なのよぉ？」

「それはルーク様とパーティを組んでいた時代の話でしょ」

「そ、そうだけどぉ」

心配だなぁ、と盛大な不安を抱えながらハルドラはアーゼマ村の入り口へと歩を進める。

アラウメルテの面倒事に巻き込まれてしまったが、今回の目標としてはどうにかしてアラウメルテに『ルーゴ』と『マオス』を諦めさせるかだ。

エルの回収はまだ良いとして、あの二人の逆鱗《げきりん》に触れれば確実にまずいことになる。

そして、もう一つの不安要素としてラァラも挙げられる。

ルーゴの正体はかのルーク・オットハイドであると割れたが、ラァラの正体がまるで分からない。

森で見せた竜の様な瞳はなんなのだろうか。

リリムという田舎娘もまた謎だ。

ストナウルフを簡単に手懐《てなず》けるわ、ルークよりも大きな魔力を持っているわでそこいらの小娘とは到底思えない。

妖精王も居るし、神様まで味方に付けているし、アーゼマ村はお化け屋敷か何かだろうか。

「まあ、この私の手に掛かれば余裕よぉ～」

などとアラウメルテは呑気《のんき》に言っていた。

もうこの人置いて逃げちゃおうかなとハルドラは迷った。

◇◆◇

「それじゃあアーゼマ村をよろしくお願いしますね、アラウメルテ様」

「はいはぁ～い、私に任せればなんの心配も要らないわよぉ。次、王盾魔術師を騙《かた》る不届き者が現れても、このアラウメルテが対処するからねぇ」

「あらあら、頼もしいですわ」

その後、不在である村長の代役としてアーゼマ村の代表を務めているハーマルという人物と軽い挨拶を交わし、アラウメルテはさっそく行動に移すことにした。

それに付き合わされるハルドラはげんなりとした様子で再び溜息を溢していた。

「なんで僕も一緒なんですか。アーゼマ村に着いたのなら案内人の僕はもう必要ないでしょう。やることあるなら勝手にやっててくださいよ」

「ち、ちょっとそれはないわよハルドラってばぁ〜。私はアーゼマ村のことなんて何も分からないんだから、全部終わるまで付き合ってよぉ。王盾魔術師の好《よしみ》でしょぉ？」

「それ簡単に口に出さないでくださいよ。僕は今、冒険者ギルドのハルドラなんですから」

ハルドラという名は冒険者ギルドに登録されている名前だ。

王盾魔術師として動く場合はエーデル・ウォルフという本名を使っている。

「それは悪かったわよぉ、謝るから付き合ってよぉ。もう言わないからぁ」

お願いだから、とアラウメルテがハルドラの足に引っ付いてくる。

アーゼマ村のことなんて何も分からないからなんだと言っていたが、行動を共にしたい理由は他にあることをハルドラは分かっていた。

アーゼマ村に入った時からなんか黒いゴーレムが三体くらい後を付いてくるのだ。

「一体なんなのよぉ、あのゴーレムぅ〜。黒い土人形なんて見たことないわよぉ。ずっと付かず離れずで煩わしいのよぉ」

アラウメルテは後ろを付いて来るゴーレムが気になって仕方がないらしい。

「ちょっとハルドラってばぁ、私の護衛しなさいよぉ。私の盾になりなさいよぉ」

「盾って……最初はあんなに自信満々だったじゃないですか。あの頃のアラウメルテ様は一体どこに行ってしまったんですか」

「そんなこと知らないわよぉ」

「ハーマルって人が言っていたじゃないですか。あの『グラビティゴーレム』は村中を巡回して警備してるんだって。アラウメルテ様に付いて来るのは大切なお客様だからだとも言ってましたね。むしろあっちが護衛ですよ」

もっとも、あのゴーレム達の役目はアラウメルテへの警戒なのだろうが。

ふと空を見上げると黒いゴーレムが空を飛んで村の警戒に当たっている。見るに明らか異様な光景だ。足に引っ付いているアラウメルテもドン引きしている。

「この村おかしいから最後まで付き合ってよぉ」

「……はぁ、はいはい分かりましたよ、最後までお付き合い致します。だから僕の足から離れてください」

「やったぁ！」

しぶしぶ了承するとアラウメルテの顔がパァっと明るくなる。

そもそもハルドラは最初からアラウメルテと行動を共にするつもりだったのだが、まさか四六時中付き合う羽目になるとは思っていなかった。

最後までと言ったからにはくっついて離れないつもりだろう。

「それで、最初は何をするつもりですか？」

「そうねぇ、まずはルーゴって人に会いたかったけど、一体どこに居るのかしらぁ？」

アラウメルテが頼み込むような視線をこちらに寄越《よこ》してくる。

彼女はハルドラがあの魔法を使えることを知っているのだ。

「分かりました、ちょっと待ってくださいね」

――【探知魔法】

シルフのペーシャが使用する風の力を利用した魔法とは原理が異なるが、ハルドラが使用するこの魔法は周囲に満ちる微細な魔力を使って特定の人物を探知する。

ルーゴ達にもこの魔法が使用出来ることは秘密にしていたのが、一応の上司扱いであるアラウメルテに頼まれればしょうがないだろう。

さっきは最後まで付き合うと言ってしまったのだから。

「すみません、この村の中には居るみたいですが、詳細な位置までは分かりませんね」

「ふ～ん？」

以前マオス大森林に同行した際、ルーゴの魔力は記憶していたので彼の魔力がこの村のどこかにあるところまでは分かったのだが、魔法を使っても詳しい位置が全く摑《つか》めなかった。

どうやらルーゴは、アラウメルテと顔を合わせないことを選択したらしい。

単純だが良い手だろう。

ハルドラも面倒事は避けたいので、このまま雲隠れして欲しいところである。

「じゃあマオスは？」

「一緒に探してみましたが、それらしい魔力は探知出来ませんでしたね」

「そんな筈《はず》ないと思うんだけどぉ」

「疑うならご自分で【探知魔法】使ってください」

「ちょっとぉ～、私がその魔法使えないって分かってて言ってるでしょぉ！」

「すみませんね、でもマオスっぽい魔力が探知出来なかったのは本当ですから」

嘘《うそ》は言っていない。

ハルドラはルーゴと同様にマオスの魔力を記憶しているが、魔法を使ってもこの村の中でそれらしい魔力は探知出来なかった。

彼女もまた姿を隠している。あるいはマオス大森林から出て来ていないかのどちらかだろう。

「じゃあマオスの方は後で森を探してみましょう」

「そういえば聞きたかったんですけど、そもそもどうしてマオスなんて探してるんですか？」

「知らないわよぉ」

「知らない？　あなたが探すと言ったのでしょうに」

「……うるさいわねぇ。余計な詮索はしないよう前にも言ったでしょう？」

「確かにそうでしたね」

釘《くぎ》を刺されたのでハルドラは大人しく口を閉じることにした。

アラウメルテの言葉を借りる訳ではないが、こういった時は余計な詮索をしないのがハルドラの処世術である。

「マオスを後回しにするということは、先にエルの方ですか？」

「まあ、今のところそれしかないわねぇ。居場所、分かるんでしょう？」

「そうですね、リリムって人が開いている診療所に居る筈ですね」

エルの居場所も先ほどの【探知魔法】で既に探っていた。

元々どこに居るかは知っていたが、移動させられている可能性を一応探っていたのだ。

「それじゃあ行きましょう」

アラウメルテが両手を合わせてニンマリと笑みを作った。


しばらく歩くとアーゼマ村唯一の診療所が見えてくる。

一見して田舎の古びた民家の様な外観をしているのだが、ここで診療所を開いているのはギルドマスターのラァラが絶賛する程の薬師だ。

彼女が調合する薬は全て即効性のあるもので効果も良く、中でも『ロカの丸薬』と呼ばれる回復薬は、盗人《ぬすっと》が出るほど価値のあるものなのだとか。

だからだろうか、玄関口の前でストナウルフが番犬しているのは。

「え？」

診療所の前に佇《たたず》む大きな狼《おおかみ》を見てアラウメルテも目が点になっていた。

「ちょっとぉ～、どういうことよあれぇ～！　す、ストナウルフが居るじゃないのよぉ！」

「そ、そうですね。流石《さすが》にこれは僕もびっくりです」

王盾魔術師が敵だと割れているからには、診療所にも何かしらの仕掛けがあるとは思っていたが、まさかストナウルフが待ち構えているとはハルドラも考えていなかった。

間違いなく薬師リリムの仕業である。

あれは確かストナちゃんと呼ばれていたストナウルフだ。

ここを通りたければまず番犬をどうにかしろと言いたいのだろうか。

ここまでふざけた診療所は王都にも無いだろう。

「さあハルドラぁ？　盾の出番よぉ」

「盾って肉壁のことだったんですか？　嫌ですよ」

「追っ払えば良いじゃないのよぉ」

「随分簡単に言ってくれますね」

王盾魔術師であるハルドラも別に自信がない訳ではないが、一戦交えればただでは済まない。

ストナウルフとはそれ程の化け物だが、その主《あるじ》があのリリムなので対処法はいくらでもあるだろう。

「まあ僕に任せてください。ちょっと考えがあるんですよ」

「あらぁ、頼りになるわねぇ」

まず考えられる弱点としてこのストナウルフはリリムという言葉に弱い。

とりあえずリリムの名を口に出せば大丈夫な筈だ。

ついこの前もルーゴがこの方法を使ってストナウルフを操っていた。

「なんでしたっけ、ストナちゃんでしたっけ。僕、実はリリムさんに招待されていましてですね。ここを通してくれませんか？」

『グルルルルルルル……ッ』

近付くとストナウルフが牙を剝《む》き出しにして威嚇を始めた。

そんな馬鹿な、と思いつつお手と言って手の平を差し出すと普通に嚙《か》まれたので、ハルドラは大人しくアラウメルテのもとへ退散することにした。

「さ、帰りましょうか」

「馬鹿なのぉ？」

確かに今のは馬鹿っぽかったかも知れない。

自覚のあるハルドラは若干イラッとする。

「まったくハルドラったらぁ、何の役にも立たないわねぇ。しょうがないからここは私に任せなさい。ストナウルフと言っても所詮は犬ころでしょう？」

「もしここでストナウルフと戦《や》るつもりなら止《や》めておいた方が良いですよ。用心棒のルーゴさんと敵対することになっちゃいますし。後ろのゴーレム達も暴れ出しますよ」

「私をあんた達みたいな戦闘狂と一緒にしないで欲しいわぁ」

何かとっておきの策でもあるのか、アラウメルテが余裕の笑みを浮かべながら一歩前へ出る。

そして手の平をストナウルフへと向けた。

「──『眠れ』」

それは対象を深い眠りへと誘う【昏睡魔法《こんすい》】だった。

一種の呪いとして知られているそれは、限られた者にしか使えない魔法の中でも更に限られた者にしか使えない高等魔法である。

『グルルルルルル……ッ』

しかしストナウルフには効果がないようだ。

「あ、あれぇ？」

もう一回と【昏睡魔法】を使用するも、まるで効果がないストナウルフが腰を上げる。お座り状態から臨戦態勢だ。

「駄目ですよアラウメルテ様。あの子、僕達を目にした時から軽い興奮状態なので、その魔法はたぶん効果薄いですよ」

「そ、そうなのぉ？」

諦めの悪いアラウメルテは『じゃあ』と言って手の平を再びストナウルフに向けた。

「――『私に従え』」

次にアラウメルテが使用したのは対象を一時的に従順にさせる【服従魔法】だ。

『グルルルルルルルルッ……！』

「ちょっと何でこっちも効かないのよぉ！」

しかしストナちゃんの主はリリムなのでまるで効果がない。

臨戦態勢だったストナウルフは頭を下げて額に生えた角をアラウメルテに向けて照準を定め始める。完全な戦闘態勢だ。

これ以上は危ないと判断したハルドラは、アラウメルテの腕を引いて逃げることにした。

「放しなさいよぉハルドラぁ！　こんなのおかしいわぁ！」

「駄目ですってアラウメルテ様、次何かしたら今度こそ噛まれますよ」

「ううぅ！　私、魔法には自信あったのに何なのあのストナウルフぅ～！」

アラウメルテも一応は王盾魔術師なので、プライドがズタズタに引き裂かれてしまったのだろう。

涙目でまだ挑戦させろと訴えている。小さい見た目も相まって駄々をこねる子供にしか見えない。

そもそも診療所の番犬に向けて魔法を放っている状況が非常にまずいので、ハルドラはアラウメルテを引き摺《ず》って今日の所は退散することにした。

「ハルドラぁ！　放して！　上司命令よぉ！」

「だから駄目ですって！　ああもう！　本当に面倒臭い仕事引き受けちゃったなぁ！」

第10話　診療所に侵入せよ

ストナウルフから退散して来たその日の夜。

ハルドラはハーマルから貸し与えられた空き家の一室で一休みしようとしていると、別室で寝ていた筈《はず》のアラウメルテがパジャマ姿で勝手に押し入って来た。

「お邪魔するわぁ」

「ノックぐらいしてください。セクハラで訴えますよ」

「あんたちょっと生意気になってきたわねぇ」

ノックもせず入って来た癖に言いたい放題なアラウメルテが、悪びれもせずこれまた勝手にベッドへどっかりと腰を下ろす。

「何か用ですか。あ、もしかして怖くて寝付けなかったんですか？　まったくアラウメルテ様も可愛《かわい》い所がありますね」

「はぁ？　何言ってるのぉ？」

「この空き家には何の仕掛けもなかったと言ったでしょう。だから安心してください。あ、子守歌でも歌って差し上げましょうか？」

「要らないわよぉ、私は子供じゃないんだからねぇ。勝手に話を進めないで欲しいわぁ。ちょっと手伝って欲しいことがあるのよぉ」

また面倒事の予感がしたハルドラは、即アラウメルテを寝かし付けようとしたがあえなく無視される。

「これにちょっと【気配を消す魔法】を掛けて欲しいの」

そう言ってアラウメルテが柔らかく両手を合わせると、どこから現れたのか一匹の蝶《ちょう》がハルドラの目の前をひらひらと漂い始めた。

「この虫の気配を消せと？　何を企《たくら》んでるんですか？」

「診療所はあのストナウルフのせいで近寄れないでしょう？　だから代わりにこの子に行って貰《もら》うことにしたの」

「虫でエルさんは回収出来ないと思いますけどね」

「中の様子だけでも今日の内に見ておきたいと思ったのよぉ。それに、目的はそれだけじゃないからねぇ〜」

アラウメルテが指を振ると、指先に大きな水晶が浮かび上がる。

どうやらこの水晶に蝶が見ている視界が映し出されるようだった。

「【投影魔法】ですか。アラウメルテ様も使えたんですね」

「この日の為《ため》に覚えてきたのよぉ、どう？　すごいでしょう？　エルちゃんがこの魔法得意だったからねぇ。ずっと近くで見てたから要領はもう分かってたのぉ～」

「そういうところは有能ですね」

「まるでそうじゃないところがあるみたいに言うじゃない」

「いえ、すみません。言葉の綾《あや》ってやつですよ」

「自分だってストナウルフに噛《か》まれた癖によく言うわぁ」

「うっ」

痛いところを突かれてしまったのでハルドラは黙ることにした。

手に巻かれた包帯が情けなく思えてくる。

「じゃあ、お願いねぇ？」

「はいはい、分かりましたよ」

ハルドラも指を振るって蝶に【気配を消す魔法】を施す。

この魔法は対象物に簡易的な『認識阻害』を付与するものだ。文字通り気配を消すことによって敵や周囲の者から見つかり難《にく》くする便利な魔法である。

魔物に対しても有効なのでストナウルフにも効果があるだろう。

「それじゃあ、さっそく行動開始よぉ」

指を振るって指示を与えると、蝶がひらひらと宙を舞って窓から外に出て行った。

夜風に吹かれながらしばらく進めば目的地であるリリムの診療所が見えて来た。

「一応、裏から回って侵入口を探しましょうか。いくら【気配を消す魔法】の効果があっても、相手はあのストナウルフだしねぇ」

いくら気配を消したとしても、ストナウルフの視界に入っては魔法を掛けた意味がない。

なので裏手に回り、小さな虫が丁度侵入出来る隙間を見つけたアラウメルテが指示を出す。

「古臭い家ねぇ、ちゃんとリフォームしないからこうやって簡単に侵入され――」

――ブツリ、と水晶が何も映し出さなくなる。

それは水晶の端に白い影が過《よぎ》ったのと同時だった。

「簡単に侵入出来ませんでしたね」

「……う、うるさいわねぇ」

あのストナウルフは存外に優れた番犬のようだ。

優れた嗅覚を持つと聞いていたが、まさか魔法すらも上回る程とは思っていなかったハルドラは素直に感心する。

「ハルドラ、もう一回よぉ」

蝶を呼び出したアラウメルテに催促され、ハルドラは再び【気配を消す魔法】を使用する。

「ねぇ、手を抜いたりなんてしてないわよねぇ?」

「まさか」

なんてハルドラが手を振るってお道化てみせると、アラウメルテ「まあいいわぁ」と再び蝶を診療所に向かわせた。

　はっきり言ってしまえばハルドラは手を抜いていた。

　なにせ目的はアラウメルテに目標達成を諦めて貰うことなのだから。

　実際問題、今こうして魔法を用いて診療所への侵入を試みているが、別にこんなことしなくても診療所には簡単に入れることをハルドラは知っている。

　単純にリリムへ声を掛ければいいのだ。

　番犬が道を塞いでいようともハルドラが外から声を掛ければ、性格上リリムはこちらを無視しないだろう。いくら隣にアラウメルテが居たとしてもだ。

　彼女は王盾魔術師の名を笠《かさ》に着てアーゼマ村に入っているので、そもそもそんな発想が浮かばないのかも知れないが。

「次は慎重に……、慎重にねぇ」

　気が付くとアラウメルテが水晶をまじまじと見て、緊張で体をぷるぷると震わせながら蝶に指示を出していた。どうも身が入ってしまう気質らしい。

「今回はもっと強力な魔法を掛けたのできっと大丈夫ですよ。まったくアラウメルテは諦めが悪いと言いますかなんと言いますか」

「しっ！　静かに！　集中出来ないでしょぉ！」

「あ、すみません」

鋭い目で注意されてしまったのでハルドラは口を閉める。

一回で諦めてくれなかったのでしょうがなくハルドラは【気配を消す魔法】を掛ける手を抜かなかったのだが、往生際の悪いアラウメルテは慎重を期して今回は屋根裏からの侵入を試みたようだ。

「ふふ、やったわぁ。侵入成功よぉ」

目論見《もくろみ》は上手《うま》くいったようで、番犬ストナウルフの警戒網を潜《くぐ》り抜けたみたいだ。

ハルドラが水晶を覗《のぞ》くと、屋根裏の小さな隙間から階下の様子が見て取れる。

廊下だ。近くにある扉から明かりが漏れているのでリリム達《たち》はまだ起きている様子。

「さて、じゃあ下に降りてみましょう」

なんてアラウメルテが指示を出そうとすると、下からごそごそと物音と何者かの声が聞こえて来た。

シルフのペーシャと妖精王ティーミアだ。

『げっ、虫が屋根裏に居るっす』

『ペーシャ、やっちゃいなさい』

『了解でっす！』

蝶が視線を下げて隙間から階下を覗き見ると、ちょうどこちらに指を向けたペーシャが風の刃《やいば》を放ったところだった。

再びブツリと水晶が何も映し出さなくなる。

「な、なによぉ……あのシルフ達ぃ〜！　どうして【気配を消す魔法】を掛けた虫を簡単に感知出来るのよぉ！　ちょっと普通じゃないわよぉ！」

「橙色《だいだい》の髪をしたシルフは妖精王ですね。魔法を放ったのはその配下のペーシャって子です」

「ぬぐぐ……！」

屋根裏に蝶が居ることを見抜いたのはペーシャだろう。

彼女は風を用いた【探知魔法】を扱えるシルフなので、いくら魔法で気配を消そうが空気の流れを感知されてしまえばそれまでである。

一度マオス大森林でその魔法を目にしていたハルドラも、小さな虫さえ補足出来るとは思っていなかったのでストナウルフに続いてまたもや感心してしまう。

そんなこと知らないアラウメルテは狼狽《うろた》えるばかりだった。

「で、でも……これでより確信が持てたわぁ」

「ん？　それはどういうことですかアラウメルテ様」

狼狽《ろうばい》していた筈のアラウメルテは二度の失敗を経て何かを掴《つか》んだ様子。

転んでもタダでは起きないということだろうか。こういうところは流石《さすが》ルークの元パーティメンバーだなとハルドラは思った。

「リリム、と言ったわねぇ。その薬師、ストナウルフを番犬みたいに扱ってる時から只者《ただもの》じゃないと思ってたのよぉ」

それはハルドラも同意である。

「それにさっき、私達の魔法を歯牙にも掛けない凄腕《すごうで》のシルフも居たわぁ。その隣には妖精王も居たしねぇ。これって偶然じゃないわよねぇ？」

「と言いますと？」

「妖精王とその配下、そしてストナウルフを使って身辺を固めてるのよぉ。強力な魔物を三体も使役している薬師なんて聞いたことないわぁ」

「確かに聞いたことありませんね」

ティーミアとペーシャはただの居候という話であり、従えているといった様子ではなかったがはたしてどうだろうか。ハルドラは首を傾《かし》げる。

「巨大樹の森で大暴れしていた妖精王が、急にアーゼマ村に住居を移したのは何故《なぜ》かしらねぇ？そして、ルーゴって人がアーゼマ村で用心棒をしているのはどうしてかしらねぇ？」

ルーゴがアーゼマ村で用心棒を始めたのも、妖精王が巨大樹の森からアーゼマ村に住居を移したのもつい最近の話である。

「つまり、どう言いたいのですか？」

いつももったいぶった言い方をするアラウメルテにハルドラが答えを求める。

するとアラウメルテはにやりと口を曲げて指を立てた。

「全部、薬師リリムの正体であるマオスを守る為よ」

「えぇ……」

マオスの正体を知っているハルドラは口をひん曲げた。

「なによぉ、信じてないのぉ？　これだけ状況証拠が揃《そろ》ってるのよぉ？」

「いえ、あの……別に信じていない訳じゃないですけど」

「じゃあ何か文句あるのぉ？」

ある。

しかし直球に伝えても良いものなのだろうか。

「……いえ文句ないですよ」

少し考えたハルドラは口を閉じることにした。

マオスのことを喋《しゃべ》れば今度こそ神罰が下るだろう。

ただでさえ良く思われていないのだから。

「ふぅ〜ん？　何か言いたそうね。じゃあもう一回蝶を飛ばして今度は薬師リリムの様子を確認してみましょう？」

「またですか、もう二回失敗してるのに」

「でも得る物はあったでしょう？　駄目押しのもう一回よぉ」

意気込んだアラウメルテが再び蝶を呼び出し始めた。

パジャマを着てこの部屋に押し入って来たので、今夜は最初から徹夜する気でいたのだろう。

「さて、今回はどうしようかしらぁ」

気配を消した蝶が診療所へ向かうと、辺りを警戒したままこっそりと窓辺に近付く。

外はストナウルフの警戒網が敷かれているので自由には動けない。かと言って中に入ればペーシャの感知に引っ掛かる。

アラウメルテはこの状況をどうするつもりなのか。

「アラウメルテ様、それ何してるんですか」

「何って、窓から中の様子を確認してるだけよぉ」

ハルドラは若干気になったので水晶を覗くと、アラウメルテはどうやら窓から診療所の中を観察することにしたらしい。

ストナウルフを警戒しているのかチラチラと辺りの様子を確認しては、隙を見て診療所内部を映している水晶を凝視している。

何か絵面が嫌だなと思ったハルドラは顔をしかめた。

「それ覗き魔とやっていること変わらないですからね」

「変な言い方しないでよぉ、これは調査なんだからぁ。ゆっくりしていられないわぁ、ストナウルフに見つかっちゃうからねぇ～」

一度目よりも強力な魔法を掛けているので、外に居ながらも今のところストナウルフには見つかっていないがごり押しも良いところである。

「あ、ちょっとこれ見てみてよぉ」

「どうしたんですか？」

「女の子が着替えてるわぁ」

ハルドラはアラウメルテの頭を叩《たた》いた。

「痛っ!?　ちょっと何するのよぉ！」

「いくらなんでもそれは駄目ですよ、あなたは一体何をしているんですか」

「誤解しないでよぉ。さっきも言ったけど私は調査してるだけよぉ！」

ほら見て、と言われて無理やり水晶を押し付けられると、確かにそこでは一人の女の子――リリムがパジャマに着替えている場面であった。

「ん？」

「こ、これは……」

しかしハルドラは違和感を覚える。

「でしょう？　だから言ったじゃないのよ」

ハルドラが気になったのは、上着を脱いだことによって素肌が露《あら》わになったリリムの背だ。

そこに、大きな傷の痕跡が二つ見える。

「ハルドラ、この子が薬師リリムで間違いないのよねぇ？」

「ええ、そうです。彼女がリリム・レンシア。アーゼマ村の薬師ですよ」

「見た目は普通の人間とほとんど変わらないようだけど……あの傷、まるで背に生えてた羽を切り落としたかのような傷跡に見えるわねぇ」

ハルドラの目にも確かにそう見える。

そしてアラウメルテは得意気に言った。

「正体を隠す為にシルフの羽を切り落としたのよぉ。これで分かったでしょう？　彼女がマオスに違いないわぁ。やっぱりこの村に居たのねぇ」

「は、はぁ……」

リリムはマオスではない。ハルドラはそれを知っている。

だがあの傷跡は何なのだろうか。

ハルドラもリリムのことが少しずつ気になってきていた。

「ふふふ、マオスをついに見つけたわぁ」

アラウメルテは隣で未《いま》だに勘違いしていたが。

第11話　もう一体の精霊

リリムはマオスである。

なんてことを言い始めたアラウメルテは、朝になるとアーゼマ村の住人にリリムについて詳しく聞き回っていた。

『リリム？　ああ、最近王都のギルドマスターって奴《やつ》に気に入られたらしいぜ』

『村長さんの隠し子って噂《うわさ》があったわね、全然似てないから嘘《うそ》だと思うけど』

『ひと月に二、三回は必ず風邪引いて村長さんの家に閉じ籠ってたよ。病弱だったんだろうな、だから今は薬師やっているんだと俺は思うよ。最近はないらしいけど』

『だいぶ前に何かの調薬に失敗して診療所の二階が爆発したんだよ。ありゃ忘れられねぇな』

などなどと、有力な情報はほとんど得られずアラウメルテは不満そうにしていた。

しかし前日に挨拶を交わした村長代理のハーマルからは興味深い話を聞けた。

「昔から不思議な子でね、指を振るだけで『微精霊』というのを呼び出せたのよ」

「へぇ、微精霊ねぇ……」

その単語を聞いた途端、アラウメルテはしたり顔になる。

隣に居たハルドラは余計な知識を仕入れてしまったなと頭を抱えそうになる。

マオスは森で自身のことを何やら『精霊』と言っていたが、アラウメルテ自身も精霊そのものなのでそこらへんの知見が深いらしい。

ハルドラも少しばかり興味があったのでハーマルとの話が終わった後、アラウメルテに精霊について聞いてみることにした。

「アラウメルテ様って精霊なんですよね。そもそも精霊って何なんですか？」

「あらぁ、そんなことも知らないのぉ？」

「一般教養ではないので」

「遅れてるわねぇ」

小馬鹿にするように笑ったアラウメルテが、アーゼマ村を歩く道すがらに語り始める。

「精霊というのは死者の魂のことよぉ」

「死者……、つまり精霊であるアラウメルテ様は死者ってことですか？」

「私はまた違った存在よぉ。でも、大精霊様に生み出されたという点については同じねぇ」

大精霊とは件《くだん》のマオスや、聖教会で崇《あが》め祭られている『女神アラト』や『ベネクス』と同じ神である。

神はこの世に『加護』という不思議な力を降ろすことは一部の者に知られているが、その大精霊が降ろした『大精霊の加護』によって生み出された精霊が、

「この私って訳よぉ」

とアラウメルテは説明する。

だから普通の精霊とは違って例外であると補足して。

「では、その普通の精霊とはどういう存在なのですか？」

「大精霊様の力によって呼び戻された死者の魂。普段は『加護』を降ろすだけの存在だけど、それぞれが各々の条件を満たすと肉体を持って現世に現れるのよぉ」

「つまり我々が神様と呼んでいるのは、大精霊が死者の魂で作った精霊だったということですか？」

「そういうこと。まあ基本的に人間の味方だから、あなた達《たち》が勝手に崇めて神様呼びし始めただけなんだけどねぇ」

だから神の一柱であるマオスは森で自分は精霊であると言っていたのかとハルドラは納得する。

あの時ルークが『お前が生きた時代』と言っていたので、彼も精霊、神様の正体が死者であると知っていたらしい。

本当にルーク・オットハイドは何者なのかとハルドラは一人勝手にぞっとする。

「それで、微精霊の方は何なんですか？」

「そっちの方はあまり詳しくないけどぉ、微精霊はそれこそ本物の死者の魂よぉ。精霊って言葉はそもそもそういう意味だからねぇ」

「うわ、それちょっと聞きたくなかったですね」

森でリリムが加護を使って微精霊を操っているところを見ていたが、あれは霊魂を操っていたのかとハルドラはまたも一人勝手にぞっとした。

「ふふふ、その微精霊を操るなんて、やっぱりリリムは精霊なんじゃないかしら」

アラウメルテの中で『リリムはマオス』論が膨らんでいっている。

違うと言えないハルドラは何だかもどかしくなってくる。

「このままリリムを王都に連れてっちゃおうかなぁ～」

もはや確信したといわんばかりに、アラウメルテがふんふんと鼻歌を歌いながら上機嫌に歩き出した。

『ウゴゴ……』

「へ？」

しかし、グラビティゴーレムがそんなアラウメルテの肩を摑《つか》む。

このゴーレムはアーゼマ村に入った時から後を尾《つ》けて来る。どうやら先ほどの『リリムを王都に連れてく』発言に反応してしまったらしい。

「な、なによぉ！　ま、まだ何もしてないじゃない！」

「アラウメルテ様。まだじゃなくて、何もしないって言わないと八つ裂きにされますよ」

「な、何もしないわよぉ！」

『ウゴゴ……』

アラウメルテが白旗を掲げるとゴーレムがようやく大人しくなる。

どうやら分かってくれたらしい。

「本当になんなのあのゴーレムぅ～。言葉も理解するなんて普通の性能じゃないわよぉ」

「軽はずみな発言は気を付けるべきみたいですね」

「こっちが下手《したて》に出てるからって調子付いちゃって……、嫌になるわぁ」

肩に付いた土埃《つちぼこり》を払ってアラウメルテがゴーレムを睨《にら》み付ける。

しかしゴーレムに睨み返されてしまったので、アラウメルテはそそくさと距離を取っていた。

あれが英雄ルークの元パーティメンバーの姿なのだろうか。

ハルドラにはとてもそうとは思えない。

「アラウメルテ様って実は弱かったりします？」

「ほんとハルドラってば生意気よねぇ、私は補助魔法担当なのぉ！　攻撃魔法はそんなに得意じゃないのぉ！」

「担当？　じゃあ他に攻撃魔法の担当が居るんですか？」

「……ッ！　また余計なところ突いてくるわぁ」

「すみませんね、少し気になってしまったもので」

いちいち突っかかってしまうのは性分なのかも知れない。

しかしアラウメルテの方は詳しく話すつもりはないようで、ふんと口を閉じてそっぽを向いてしまう。隠すつもりなら最初から口を滑らせないで欲しい。

だが、先ほどの精霊の話でハルドラは一つ気になっていることがある。

アラウメルテは『大精霊の加護』によって生み出された精霊であるという話だ。

もしかすれば、加護によって生み出される精霊は、一体だけとは限らないのかもしれないとハルドラは考えている。

補助魔法担当のアラウメルテの他に、攻撃魔法の担当である精霊が居てもおかしくはないだろう。

以前オルトラムの私室に出向いた時には、アラウメルテの他にもう一人の気配を感じた。それがもう一人の精霊の正体かも知れない。

「確信はないけど、十分考えられますね」

などとハルドラが思考にふけっていると、いつの間にか村の広場まで来てしまっていた。

先を歩いていたアラウメルテはというと、

「アラウメルテさんって王盾魔術師だったんスか!?　すごい、知らなかったっスよ！」

「流石《さすが》はルーク様の元パーティメンバーね！　確か、すごい魔法を使うって聞いてましたから！」

「そ、そうよぉ、少しは見直したかしらぁ？」

広場で魔法の訓練をしていた冒険者達に捕まっていた。

近くに居るのは最近Dランクに昇格したらしいフレイル、そしてセシリアという名前の若い冒険者だ。ハルドラは王都の冒険者ギルドでこの二人を何度か目にしている。

「そうだ！　ちょうど新開発した魔法があるんスけど、実験台になってくれませんか！」

「実験台って言い方が気になるけど、まあいいわよぉ」

「やったぜ！」

彼ら冒険者はアーゼマ村の広場でルーゴから魔法を教わっている。

今この場にそのルーゴの姿はないが、フレイルと呼ばれる冒険者は自主訓練で身に付けた新魔法を試してみたいらしい。

あの様子だと王盾魔術師であるアラウメルテが良からぬ企てを持って、このアーゼマ村に来たとは微塵《みじん》も考えていないようだ。いや、ルーゴからは何も聞かされていないのだろう。

前日からアラウメルテに付き合わされて疲れていたハルドラは、良い休憩になると広場の片隅に座り込んで様子を眺めることにした。

「それじゃあセシリア、あれ行くぜ！」

フレイルが合図を送ると、隣にいたセシリアという若い女冒険者が地面を手で叩《たた》く。

「見ててねアラウメルテさん！」

「まあ所詮Dランクのお遊び魔法でしょう？　私のお眼鏡に適《かな》うかしらぁ？」

「自信ありです！」

セシリアの手の平から魔力が流れると、地面から巨大な手の平が突き出た。

あれはゴーレムだ。しかし普通の大きさではない。

地面から伸びている腕だけでも通常の三倍はある。

「え？」

アラウメルテも変な声を出して後退《あとずさ》っていた。

『ウゴオオオオオオオオオオオオオオッ！』

完全に地面から這《は》い出てきたゴーレムが雄たけびをあげてアラウメルテを威嚇する。

遠くにいるハルドラから見ても巨大だ。アーゼマ村を我が物顔で闊歩《かっぽ》している普通のゴーレムが小さな子供に見えるくらいには。

追加でフレイルが巨大ゴーレムに炎を放つと、その身が激しく炎上する。

「どっスかアラウメルテさん！　これが新開発の『ジャイアントフレイムゴーレム』です！」

「竜とも戦えるように調整したの！　アラウメルテさんもびっくりしたでしょ！」

「え、ええ……そうねぇ」

びっくりするどころかドン引きしている。

アラウメルテはシルフのように小さい姿をしているので、『ジャイアントフレイムゴーレム』と見比べるとまるで豆粒だ。

「それじゃあ一戦お願いしまっス！」

フレイルが声を高々に宣言すると、巨大なゴーレムの炎上する腕が振り下ろされた。

迫り来る剛腕にアラウメルテが大慌てで両腕を突き出して魔法を行使する。

「ちょちょちょ！　それは反則よぉ！」

衝撃を受け流す盾を召喚する【剛盾魔法】を展開。

加えて物質の強度を上げる【強化魔法】の類を三つほど使用し、対象の攻撃力を低下させる【弱体魔法】も二つ併用する。

更には自身の身体能力を上昇させる【身体強化の魔法】を使用し、アラウメルテはゴーレムの巨大な拳を召喚した盾で受け止める準備を整えた。

ドンッ、という衝撃が広場に響くと周辺の地面が抉《えぐ》れる。

肝心のアラウメルテは冷や汗たっぷりの姿でなんとかゴーレムの拳を堪《こら》えていた。

「す、すっげぇ！　このジャイアントフレイムゴーレムの攻撃を止めるなんて！」

称賛するフレイルは盾に遮られてアラウメルテの様子がよく分からないだろう。

横から様子を眺めていたハルドラには、青い顔をした小さな精霊がよく見える。

「二度目は無理って顔してますね」

補助魔法は得意だと豪語していたアラウメルテが、防御用の魔法を七つも使用しなければ耐えられていなかったのだ。もう一度あの拳を振り落とされれば、彼女は地面のシミになるだろう。

「ルーク様はあの冒険者達に何を教えたんですかね、いくらなんでもやり過ぎですよ」

ルークがやり過ぎなのか、あの若い冒険者二人組がやばいのかは判断しかねるが、対するアラウメルテの魔法が決して弱かった訳ではない。

あのジャイアントフレイムゴーレムとやらはもはや兵器である。

「もう一回行くわよアラウメルテさん！」

「え!? ちょっとストップ！ ストップよぉ！」

「あれ？」

セシリアが指示を出す為《ため》に腕を振り上げると、アラウメルテが盾の魔法を解いて静止させた。

「も、もうあなた達の魔法の腕は分かったわぁ。だから、あの、お終《しま》いにしましょう？」

「えー？ これからが本番よ？ せっかくアラウメルテさんが居るんだから、もっといっぱい魔法を試したいの！」

「それならルーゴって人に試せば良いじゃない……、あの人から教わってるんでしょぉ？」

「ルーゴ先生に試してもすぐ壊されるの！」

「へ、へぇ～」

セシリアの言葉にアラウメルテが表情を引き攣《つ》らせると、その場から逃げ出すようにハルドラの方へと向かってきた。

「……私は忙しいからまた今度ねぇ」

「じゃあせめて今の魔法、どれくらいだったか教えて！」

「ま、まあまあよぉ」

「まあまあかぁ～」

がっくりと項垂《うなだ》れるセシリアを背にして、アラウメルテが隠すようにホッと胸を撫《な》で下ろす。

「あれまた実験台になってくれって頼んできますよ」

「こ、今度はハルドラがお願いねぇ〜。ほらあなた、ギルドの先輩でしょぉ？」

「ギルドでは学者で通しているので、すみませんね」

「なんなのよその学者ってぇ〜！」

ハルドラもあのゴーレムの攻撃を正面から受け止めたくはない。

絡め手を使えばまだなんとかなるかも知れないが、はっきり言ってあの魔法は攻撃力に魔力を振り過ぎだ。実験を申しまれてもハルドラは断固として拒否すると今この場で決めた。

「き、今日はもう帰って休みましょう？　この村を歩いてると身が持たないわぁ」

「そうですね、それは同意します」

とは言っても、昨日のストナウルフや今日のゴーレムはまだ可愛《かわい》い方だ。この村にはまだルークやマオスに妖精王、更には得体の知れないラァラとリリムまで居る。

ハルドラも正直、このアーゼマ村に長く留《とど》まっていたくはない。

「僕も帰りたいですね、出来れば王都に」

一番不気味なのは、ルークとマオスが未《いま》だに姿を見せないことだ。

何を企《たくら》んでいるのだろうか。

「次に不気味なのはあれかなぁ」

顔を上げて空を見上げると、一羽の透明な鳥がハルドラ達の上空を飛んでいた。

◇◆◇

二日目の深夜。

ハルドラはハーマルに貸し出された空き家の中を隅々まで調べたが、罠《わな》や魔法の仕掛けは何も施されていなかった。

アラウメルテにそう伝えた。嘘は言っていない。

ただ、その後に新しく魔法を仕掛けたとは伝えていないが。

「すみませんねアラウメルテ様、別にやましいことは考えてないので許してください」

アラウメルテは別室に一人閉じ籠り、何やら室内を【防音魔法】で細工して外部に音が漏れないようにしていたが、予《あらかじ》め【盗聴魔法】を仕掛けていれば全て筒抜けになる。

『い、嫌よぉ……、何で私がそんなことしなくちゃいけないのよぉ！』

耳元に人差し指を当てて魔力を集中させると、魔法を通して向こうの声が小さく聞こえて来る。

どうやらアラウメルテは何かの魔法を使って誰かと会話しているようだ。

防音の魔法を使って安心しているのか、盗聴されているとも知らずに声を大きく荒らげている。

「僕もあまり人のことを言えませんが少し浅はかですね」

ついつい独り言を溢《こぼ》してしまう。

アラウメルテは高等魔法を扱う技術を持ちながら、魔法で盗聴されていることに気付きもしない。

マオスやルークはすぐに勘付いていたが、流石にあの化け物達と比べるのは可哀想《かわいそう》かとハルドラは苦笑する。

仮にも王の盾となる王盾魔術師を名乗るのであれば、仮にも賢者オルトラムの『大精霊の加護』によって生み出された精霊ならば、もう少し魔法に対しての意識を高めて欲しいところではある。

「さて、お相手はどこの誰ですかね」

最初こそ、アラウメルテは自身の意思でアーゼマ村に行きたいと言い出したのだとハルドラは考えていたが、彼女の様子を見ているとそう思えなくなってきていた。

でなければ口を滑らせてマオスを探そうとしている理由を『知らない』などと答えないだろう。

エルの回収。

ルーゴの正体。

マオスの捜索。

アーゼマ村へ来たこの三つの理由の内、少なくともマオスの捜索に関しては何者かの指示を受けている。

わざわざ面倒事に巻き込んできたのだ。その誰かを知りたいと思うのはごく自然だろう。

ハルドラは更に魔力を集中させ、別室に響く声に耳を澄ます。

『この村ちょっとおかしいのよぉ……、診療所の薬師なんてストナウルフを番犬にしてるのよぉ？　本当なの、普通じゃないわよぉ』

何か怯《おび》えるようなアラウメルテの声に続き、別の誰かの声が聞こえて来る。

『はぁ？　たかがストナウルフにびびってんのかてめぇ』

『ち、ちがっ！　でも、でも！　私の魔法が効かなかったの！』

『そりゃてめぇの練度不足が原因だろうがよ。ふざけるなよ、ちゃんとやれ』

ハルドラの耳に届いたもう一つの声。

それは随分と横暴な口調であったが女性の声だった。それもかなり歳《とし》の若い、まだ青臭さが感じられる声だ。

てっきり相手はオルトラムだろうと思っていたハルドラは驚いてしまう。

口ぶりからしてアラウメルテより位は上なのだろうか。

王盾魔術師には数多くの女性魔術士が在籍しているが、この中にアラウメルテを相手に叱責出来るような者は存在しない。

何者か気になる。

より一層、ハルドラは耳元に魔力を集中させる。

『ちゃんとやれって、私だって頑張ってるわよぉ……』

『頑張れてねぇから今日の結果なんだろ？　もう一回言ってやるよ、ふざけてんのか？』

『違うの、ずっと黒いゴーレムに監視されてて下手に動けないの』

『黒いゴーレム？　破壊すれば良いだろ、簡単だろ？』

『駄目よぉ、あのゴーレムはルーゴって人の魔法を受けてるから、きっとすごく強い』

それに関してはハルドラも同意見だ。

アラウメルテの言った黒いゴーレム、グラビティゴーレムは確かルーゴから【重力魔法】を施されている。あれがどういった特技を持っているか知らないが、下手に手を出せば却《かえ》って危険を招きかねない。

だが、アラウメルテが魔法で通話をしている相手はそう思っていないようだ。

『さっきから及び腰だな。王盾魔術師の面汚しだてめぇはよ』

『だ、だってぇ』

『ふん、まあ良い。それで？　ルーゴって奴の面は拝めたのかよ』

『……まだよぉ』

『は？　ほんと、今日一日何してたんだ』

『居場所が分からなくてぇ……』

ハルドラの耳元に口の悪い通話相手の舌打ちが届く。

一応、アラウメルテの手伝いを引き受けているハルドラも何だか申し訳なく思えてきた。

『アラウメルテ、言い渡した任務を全て完遂するまでアーゼマ村から出てくんなよ。わざわざ王都から出て来てやったんだからよ、この私が。いつまでも待たせるんじゃねぇよ』

『それなら、こっちに来て手伝ってよぉ。すぐ来れるでしょぉ？』

『甘えんな、まだ二日目だろうが』

『甘えてる訳じゃないのよぉ……、それに今日だってギルドの冒険者に殺されかけたの』

『ギルドの冒険者ごときに？　はっはは、まじかよてめぇ』

『ルーゴって人から魔法を教わってる冒険者なの、もしかしたら王盾魔術師は敵だって伝えられてるかも知れない……』

村の住人や滞在している冒険者がルーゴから何を伝えられているかは分からない。

ハルドラが確認する限りではそんな様子ではなかったが、何も知らないアラウメルテからすれば疑心暗鬼にもなるだろうか。

『お前なら返り討ちに出来るだろ……ってああ、殺されかけたんだっけ？』

『う、うん』

再び舌打ちが聞こえて来る。

『お前は本当に昔から使えねぇな。うんざりするよ』

『で、でも……』

『でも何だよ』

『マオスの居場所と正体は掴めたかもしれないの』

『本当か？　いまいちてめぇのことが信用出来ないんだが』

『……たぶん、アーゼマ村の薬師だと思うの』

『たぶんじゃ困るんだよなぁ。……分かった、明日その薬師を連れて来い。相手は神だ、お前はなんとか言い包めてここへ連れて来い。もし暴れたら私が捕まえる』

アラウメルテが通話している相手は随分と腕に自信があるようだ。

それか、マオスを相手に何かしらの対抗手段を持ち合わせているかのどちらかだ。

何にせよ碌《ろく》でもないことを考えている。

『いいか？　明日までだぞ』

『あ、明日って、本当に薬師がマオスだったらどうするのよぉ。私、自信ない……』

『今更かよ。てめぇを表舞台に立たせて良い汁吸わせてやってんだ。私に感謝こそすれ、逆らうんじゃねぇ』

『……分かったわよぉ』

『もう一度言う、明日までだ』

そう言って通話が途切れ、沈黙が流れる。

最後まで相手の正体が掴めずに終わってしまったが、しばらく耳元に魔力を集中させていると、
アラウメルテが小さく呟《つぶや》いた。

『お姉ちゃんの……、ばかぁ』

その後はすすり泣く声しか聞こえなくなったので、ハルドラは溜息《ためいき》を溢して【盗聴魔法】を解いた。これ以上は何の情報も得られないと判断したからだ。

ただ、通話相手がアラウメルテの姉であると分かった。

やはり『大精霊の加護』によって生み出される精霊は一体だけではない。

「まあ、それが分かったからといって、僕に何か出来る訳でもないですけどね」

ベッドの上で壁に寄り掛かり、誰に言うでもなく独り言《ひとご》ちる。

ハルドラは興味だけで【盗聴魔法】を使用した。単純に誰がアラウメルテに指示を出していたか気になったからだ。

その結果、指示を出していたのは姉であると分かったが、王盾魔術師であるハルドラはこれ以上手出し出来ない。

アラウメルテにアーゼマ村での目的達成を諦めて貰《もら》うことも無理だろう。

彼女もまた、そのお姉ちゃんとやらの指示に逆らえない様子だったのだから。

「アラウメルテ様も意外と苦労しているんですね。さて、どうしたもんかな」

「簡単じゃ、そいつを叩きのめせば良い」

近くにあった窓を開けて、淡い緑色の髪をした少女がひょっこりと顔を出す。

ハルドラは壁に寄り掛かっていた姿勢を正し、窓辺に肘を掛ける少女に向き直る。

「全部叩いて解決って訳にはいかないでしょう。すごく複雑そうな関係でしたよマオス様……って何でしたっけ、マオステラ様が正式な名前でしたっけ?」

ハルドラと向かい合うのは、マオス大森林で一触即発しそうになったマオステラだ。

先程から魔力を感じていたので近くに居るとは思っていたが、こうして直《じか》で会いに来るとは考えもしなかった。

「良いんですか? アラウメルテ様に聞かれでもしたら大事《おおごと》になりますよ」

「【防音魔法】を反転させてやったから安心せい。逆にこっちの声が聞こえなくなっとる筈《はず》じゃ」

「人が使った魔法を反転させるって聞いたことないんですけど」

「人間の尺度でワシを測るな」

神だか精霊だかは知らないが、一体何年生きればそんな芸当を身に付けることが出来るのか。ハルドラは純粋に気になった。

見た目がシルフともあって少女にしか見えないが、口調はおばあちゃんなのでまあ大層長い時を過ごしてきたのだろう。

「お前、今失礼なことを考えたじゃろ」

「そんなことありません。それで、何しにここへ来たのですか? 色々聞きたいことが山積みなんですよ。ルーク様やラァラさんがどこに居るのかとか、何で姿を現さないのかとか」

「ルークの奴らにはワシの方から黙っていろと頼んだ。国を守る身でありながら、民を手に掛けようとした王盾魔術師とやらが、どういう思想を持っている者達なのか気になったからの」

「さっきの会話を聞いてどう思いましたか？　聞いていたのでしょう？」

「まあ、一枚岩じゃないことは分かったでの」

だから、とマオステラは続ける。

「誰を敵として定めるかを正確に測る必要がある訳じゃ」

「僕は違いますよ。どちらかと言えば味方側なんですからね」

「それはもう分かっとる」

いつでも戦闘に移れるよう身構えている様を見て、マオステラは呆《あき》れるように嘆息していた。

一度敵意を向けられたことのあるハルドラからすれば、そのマオステラがこんな深夜に声を掛けて来ること自体が気が気でないのだが。

「僕の目的はアラウメルテ様が穏便にこの村を去ってくれるように仕向けることです。国を滅ぼせる力を持つと言われているルーク様を怒らせたくないですからね」

「あいつの性格を見るにそういうことはせんと思うがの。危惧するのは分かるが、お前は自分の身を守りたいだけじゃろ」

「それはまあ、はい、否定出来ないです」

ラァラに脅された後、アラウメルテにもう一度アーゼマ村に向かえと言われたときはどうしたもんかと頭を抱えた。

いざアーゼマ村に着いてみればルークやマオスは一向に姿を現さないので、これまた頭を抱えていたが今こうしてマオスが姿を現したことは、警戒もしていたが内心では胸を撫で下ろしている。

「で、僕の前にこうして出て来てくれたってことは、アラウメルテ様の姉の方は任せても良いんですね？　なんかさっき叩きのめすとか言ってましたけど」

「ワシにあまり期待するな」

「は」

「ワシはあの森から遠く離れるほど力が弱まる。じゃからあいつも言っておったじゃろ、連れて来いと。名前も知らんが、その姉とやらは精霊の性質について知識はあるようじゃな」

「なるほど……」

会話から察するに王都の外には出ているようだが、連れて来いと言うからにはこのアーゼマ村から離れたところに居るらしい。

それがマオステラ、というよりも精霊の性質を理解した上での判断ならば、随分と小賢《こざか》しい真似《まね》をする。自身ではなくアラウメルテに仕事をさせているのでなおさらだろう。

「じゃあどうするんですか？」

「別の奴を向かわせる」

「どこに居るのかも分からないのにですか？」

「それに関しては、ワシよりも上手《うわて》な魔術師がおったでな。若いのに立派じゃ」

そう言ってマオステラが上空を指で差す。

夜空では見え難《にく》いが、目を細めればそこにうっすらと透明な鳥が見えて来る。

あの魔法を扱える魔術師の数は限られる。

それにアーゼマ村に関わる者となればおのずと一人に限定されるだろう。

「エルさん、目を覚ましたんですね」

「ワシが魔法を解除してやったからの。時間の問題じゃ」

上空から覗《のぞ》き見る『目』を使えば、確かに隠れている者を見つけることは出来るかも知れない。

それにエルは優れた魔人と呼ばれる優れた魔術師だ。恐らく使用出来るだろう【感知魔法】も併用すればなおのことだ。

「期限は明日までと言ってました、やるならそれまでですよ」

「言われなくても分かっておるわ。もちろん、お前にも手伝って貰うがの。ラァラの奴と協力関係になったのなら、それくらいせえ」

「それなら別にあなたの指図を受ける必要はないと思うんですがね」

「……おはようぅ」

「あ、おはようございます、アラウメルテ様」

貸し出された空き家の自室で与えられたパンを齧《かじ》っていると、パジャマ姿のアラウメルテがノックもせず勝手に入って来た。

眠たそうに擦《こす》っている目元は赤く腫れぼったくなってしまっている。

どうやらお姉ちゃんとやらの叱責が大分効いたらしい。あの後もしばらくすすり泣いていたのだろう。

「今日は何食べてるのぅ？」

「今朝、親切な人からパンを分けて貰《もら》ったんですよ。美味《おい》しいですよ」

「私にもちょうだい」

「良いですよ」

ハルドラは多少覚えがあるがアラウメルテは料理なんて出来ないので、毎回ハルドラが調達することになっている。こういうのもあって付いて来てくれと頼んできたのだろう。

「それ食べたら早いところ準備してくださいね」

「う、うん……」

パンを小さく齧《かじ》るアラウメルテが妙に歯切れの悪い返事をする。

昨日の朝なら『リリムについて聞いて回るから付いてきなさい』などと言って、むしろハルドラ側が腕を引っ張られたのだが。

「今日はいつもと調子が違うみたいですね」

「……そんな、そんなことないわよぉ」

そんなことない訳がない。

髪は整えていないし、着替えも済ませないでパジャマ姿のままである。

理由はハルドラも分かっている。きっと外に出たくないのだろう。

外に出れば昨夜言われた通り、マオスだと勘違いしたままであるリリムを姉のもとへ連れて行かなくてはならないのだから。

加えてアラウメルテは村のどこかに居る筈《はず》のルーゴの存在を少なからず恐れている様子だ。

外に出ればそのルーゴが作ったゴーレムが村中を闊歩《かっぽ》し、広場に近付けばルーゴから手解《てほど》きを受けた冒険者達《たち》が居る。

周囲の全てが敵に見えている筈だ。

「まったくしょうがないなぁ。僕が髪をとかしてあげますから、パンはその間に食べちゃってくださいね」

「うん」

髪をとかしている間にパンを食べてくれと言っても、アラウメルテはちまちまと口を付けるばかりだった。やはり出来ることなら外に出たくないようだ。

ハルドラはあまり使うことのないくしを荷物から取り出し、アラウメルテを椅子に座らせる。

「意外と、気が利くのねぇ」

「これも仕事の内みたいなものなので」

「……まるで嫌々やってるみたいねぇ」

「アラウメルテ様も言ってたじゃないですか、ルーク様を殺したのも本意じゃなかったって。それと一緒ですよ」

「…………」

ルークの名を出すとアラウメルテが無言になる。

何か思うところでもあるのだろうか。

「本当にいつもとは様子が違いますね。いつものアラウメルテ様はどこに行ったんですか」

どこか強気で常に余裕があるかのような姿を見せる。

それが初めて見たアラウメルテの印象だ。しかしアーゼマ村に着くまでは良かったが、中に入ってからはどんどん化けの皮が剝がれていった。

「あれって実は結構無理してたりしました？」

ストナウルフに魔法が効かなければ子供のように喚《わめ》き、得意気に【投影魔法】を見せたかと思えば失敗して狼狽《うろた》える。たかがゴーレムに肩を摑《つか》まれただけで怯《おび》えてしまうし、今なんてもはや取り繕う気さえ感じない。

実はこっちのアラウメルテが本来の姿なのではないだろうか。

「本当は僕が居たから格好《かっこ》つけてただけじゃないんですかね」

「……う、うるさいわよぉ」

「否定はしないんですね」

新米が王盾魔術師に入って来た時は、ハルドラもついつい格好つけてしまう。

理由は一つ、先輩として舐《な》められない為《ため》だ。冒険者ギルドに居る時もこの姿勢は変わらない。

アラウメルテも似たようなものではないだろうか。

昨夜の出来事で、もはや取り繕うことすら出来なくなってしまっているが。

「もうやめちゃいません？」

「へ」

「だから、もう王都に帰りましょうよ」

パンを齧るアラウメルテの手が止まる。

「駄目よぅ。ちゃんと任務を全うしないと……」

「う〜ん、このアーゼマ村に来たのはアラウメルテ様が決めたことなんですよね」

「そ、そうよぉ」

「じゃあ任務じゃないですよね」

「何が言いたいの」

「いえ、ただアラウメルテ様が辛《つら》そうだったので、普通に心配しただけです」

「余計なお世話ねぇ」

「じゃあこれも余計なお世話でしたかね」

ハルドラが髪をとかしていた手を止める。

するとアラウメルテが俯《うつむ》いて固まってしまった。

今のは意地の悪いことをしてしまったとハルドラは反省する。そしてどう謝ろうかと顔を覗《のぞ》きこんでみると、アラウメルテは口をぎゅっと結んで泣いていた。

「え？」

流石《さすが》にこの反応は予想していなかったのでハルドラは面食らってしまう。

「あ、アラウメルテ様？」

「いじめないでよぅ……」

「す、すすみません。あ、ほら、僕のパンまだもう一個あるんで、良かったらどうぞ」

まるで子供みたいにぽろぽろと涙を流す姿に、子供の世話なんてしたことないハルドラは逆に狼狽える。

この期に及んで精霊も泣くんだと興味が湧いてしまうハルドラは、自分の頬を思いっきりつねって自制する。この前まではセクハラだのなんだのと冗談を言えたのだが、今日ばかりは通じない程弱っているらしい。

「ほら、ちゃんとくしでとかしてあげますから！」

「ちゃんと綺麗《きれい》にしてぇ……」

「はいはい、分かりましたよ。ほら、約束のパンです」

「……うん」

パンを与えるとアラウメルテが無事に泣き止《や》んでくれた。

しかし時折こちらを睨《にら》んでくるようになったので怒らせてしまったみたいだ。

「なんで、いじわるしたのぉ？」

「別にそういうつもりではなかったのですが」

「絶対にうそよぉ」

「いえ、本当ですよ。実はずっと聞きたいことがあったので、どう聞き出そうかと色々思考錯誤してたんですよ。それであの、ちょっと泣かせちゃったみたいでほんと、すみません」

「泣いてないわよぉ」

「え、ええ……そうですね」

目元を拭って証拠を消すアラウメルテ。

もはや威厳なんてあったもんじゃないなとハルドラは思った。

「言える範囲でなら、答えてあげても良いわよぉ……だって」

「出来るだけ長話したいから、ですか？」

「………そうねぇ」

こうやってお喋《しゃべ》りが続いている間は、任務に向かう準備を進めなくて済む。

ハルドラも無意味にくしで髪をとかしているだけだ。

「ではもう単刀直入に聞きますね。お姉さんの言うことなんて聞く必要ないんじゃないですか？」

「き、聞いてたの？」

「はい、ばっちりと」

「しっかり防音の魔法を掛けてたと思ったけど、失敗しちゃってたのねぇ」

思いっきり【盗聴魔法】を仕掛けていたが、話が進まなくなりそうなのでハルドラは何も言わないことにした。

「そうよ。ハルドラがずっと疑ってた通り、マオスの捜索もルーゴの素顔の確認も、全部お姉ちゃんにお願いされたの」

「お願いって感じには聞こえませんでしたけどね」

「うん、まあねぇ。お姉ちゃんは何もかも私より上だから」

言いなりになってしまっているのは劣等感故なのだろう。

だからといってもあの言われようは凄《すさ》まじかったが。聞いていたこっちまで居た堪《たま》れなくなる程だった。

神の一柱であるマオスを連れて来い、ギルドでも評判になっているルーゴの正体を確認して来い、などと言われていたが妹の身に何かあったら彼女は何を思うのだろうか。

いや、特に何も思わないから簡単に命令するのだろう。

「どちらかと言えば嫌いですか？」

「うん、でも言い返せないから……」

「ルーク様の件も命令だったりするんですか」

「違うわぁ、それはもっと上からよぉ。でもお姉ちゃんに戸惑うなって言われたわぁ」

国とたった一人の個人、どちらの味方をする。

そこに戸惑いを持つことは、ルークの味方をすることに気が揺らいだと同じである。

「躊躇《ため》えば粛清の対象になりかねない、とも言われたわねぇ」

アラウメルテは姉にそう諭されたようだ。

「散々、ルークの実力をこの目で見て来たのに、本当にSランクなの？ってすごく雑なことしか言えなかったわぁ。覚悟を決めても無理なものは無理よねぇ」

「じゃあ辛かったって言っていたのは本当だったんですね」

「当たり前じゃない、だってずっと仲間だったのよぉ？　辛いに決まってるわよぉ」

「エルさんはずっと謝りたかったって言っていたらしいですね」

「今思えば、エルちゃんが一番可哀想《かわいそう》だったわねぇ。あの子が特に懐いてたから」

エルはその場を離れようとしなかったとアラウメルテは思い出すかのように言う。

リーシャが引き離さなければずっとそこに居た筈とも言っていた。

「仮にルーク様が生きていたらアラウメルテ様はどうしますか？」

「仮に？　おかしなこと言うのねぇ」

「例えばの話ですよ」

「う～ん、そうねぇ……」

アラウメルテが腕を組んで考え込む。

ただ、それほど悩むことではなかったらしく、すぐに答えを出したようだった。

「また一緒に皆で冒険者をやりたいわねぇ。どの口がって言われそうだけど」

でも、とアラウメルテが続ける。

「どうしてそんなこと聞いてくるのぉ？」

「例えばと言ったじゃないですか」

「……何か隠してそうじゃない？　私は質問に答えたんだから、ハルドラも言いなさいよぉ」

「確かにそうですね。この際だから言っちゃいましょうか。実は僕、アラウメルテ様には目的不達成のまま大人しく王都に帰って欲しいんですよ」

「……はぁ？」

再びアラウメルテがパンを齧るその手を止めた。

当然と言えば当然の反応なのだろうが、今回の件は国から下りた任務ではなく、アラウメルテの私用ということになっているのだ。

いくら同じ王盾魔術師と言えども、付き合う義理がないことは理解するべきだろう。

ハルドラは淡々と続ける。

「僕はルーク様とマオスを敵に回したくないんですよ」

「え？」

「あの人達、化け物ですよ。本気で国すら滅ぼせるんじゃないかってくらいです。今のアラウメルテ様はその二人にちょっかい掛けてる感じです」

「ま、待って？　ちょっと待ってよ」

「いつ逆鱗《げきりん》に触れてしまうか分かったもんじゃないです」

「だから待ってよ！」

髪をとかすハルドラの手を乱暴に振り払う。

振り返り、こちらを睨み付けてくるその目に動揺が見て取れる。

こいつはさっきから何を言っているんだと。

「あなた……、マオスを知ってるの？」

「知ってますよ。あ、リリムさんじゃないですからね。勘違いですよ」

「る、ルークは？　さっき、ルークがまるで生きてるみたいに言ってた……」

「生きてます、この村に居ますよ。ルーゴさんがそうです」

「この村に？　じゃあ、ファラは？　ファラはこのことを、知ってるの？」

「知ってます」

ハルドラが率直に答える。するとアラウメルテはしばらく固まっていたが、すぐに正気を取り戻して手に魔力を込め始めた。

どうやら今やるべきことを決めたようだ。

「私とお姉ちゃんの話を聞いてなお、任務の達成を諦めるように言ってたわよね？　その上で諦めるように言ってきたわよね？」

「そうですね」

「お姉ちゃんを、殺す気なの？」

アラウメルテは姉の言いなりであり、今回の任務は姉の要望である。

であるのならば、姉を始末してしまえばアラウメルテが任務を無理に達成する必要がなくなる。

ハルドラはこう考えているとアラウメルテは判断したようだ。

「腑《ふ》に落ちないですね。どうしてお姉さんを庇《かば》うんですか？」

ハルドラに向けられた手はいつでも魔法を放てる準備が整えられている。

「なんだか仲が悪そうに見えたんですけどね」

「たった一人の家族なの！」

「なるほど？」

それならば分からなくもないと、ハルドラは半ば無理やり納得した。

加護によって生み出されたアラウメルテには親なんて概念はない。あるのは姉一人。

いくら罵られ蔑まれようとも、危険が迫れば守ろうとしてしまうのが心情か。

それこそ、いつもの間延びした語尾が消えるほど取り乱すくらいには。

「ですが少し訂正をさせてください」

「何をよ！」

「僕は別にアラウメルテ様の敵になった訳じゃないですし、お姉さんを消そうだなんて考えてないですよ」

「でも、ルークが向かってるんでしょ!?」

「違います。向かったのはラァラさんで、話し合いに行っただけですよ、それにルーク様はさっきからそこに居ます」

「な、何を言ってるのさっきから」

昨夜、この空き家に訪れたマオスはこう言っていた。

ルークにはアラウメルテの前に姿を出さないで欲しいと頼んだと。

マオスは王盾魔術師がどういう考えを持って行動しているかを判断したかったらしいが、これはルークにとっても都合の良い申し出だっただろう。

お陰で今日、アラウメルテの本心を聞けた筈だ。

ハルドラは窓を開け放ち、腕を組んで壁に寄り掛かっていた黒兜《かぶと》の男――ルークに尋ねた。

「聞きたいことは聞けましたか？」

「ああ、すまないな」

どうしてそんなことを聞いて来るのか、アラウメルテは不思議そうにしていたが全てこの為だ。

窓辺から離れ、ハルドラは手の平を差し向ける。

「久しぶりの再会でしょう？　少し話し合った方が良いんじゃないですか？」

「……っ」

アラウメルテは未《いま》だ動揺を隠せない様子で尻込みしていたが、しばらくの沈黙のあと深く息を吐き、覚悟を決めたのか窓から身を乗り出してルークに視線の切っ先を向ける。

「随分と回りくどい真似《まね》をするわねぇ」

「そうだな」

「私が何を思ってあなたを手に掛けたのか、直接聞いてくれれば良かったじゃないのぅ？」

「マオスに頼まれたんだ、姿を出すなと」

「ふ、ふぅ～ん？　でも内心、私に復讐《ふくしゅう》したくてしょうがなかったんでしょぉ？　あの時、覚えていろって言ってたわよねぇ？」

その問いにルークが兜の上から頬を掻《か》く。

長い間同じパーティで過ごしたアラウメルテは知っている。それはルークが困っている時に見せる仕草だと。

「違うって言うのぉ？」

「エルが『ずっと謝りたかった』と言ってきてな。だから少し考えた、他の奴《やつ》らは何を考えて俺を殺そうとしたのかとな」

「さっきの会話、ずっと聞いてたの？」

「ああ、だから復讐しようだなんて思っていないさ」

その一言を聞いても、アラウメルテは胸を撫《な》で下ろす訳でもなく、ただ口をぎゅっと一文字に結ぶだけだった。

「い、色々言いたいことあるけど……、今は後回しにしておくわぁ」

「じゃあ何が聞きたいんだ？」

「さっき、お姉ちゃんのところにラァラが話し合いに向かったって言ってたけど、あの人じゃきっと話し合いすらさせて貰えないわよぉ？」

「どういう意味だ」

「ルークもラァラもお姉ちゃんのこと全く知らないでしょう？　お姉ちゃんはすごく強いの、だからラァラじゃ簡単に返り討ちに遭うわよぉ？」

ラァラは冒険者ギルドのマスターを務めると同時に、Aランク冒険者の称号を持っている。

アラウメルテはもちろんそのことを知っているが、その上で話し合いの席すら用意して貰えないと伝えた。

「それにマオスはどこに居るのぉ？　もしラァラと一緒に居るならまずいわぁ、お姉ちゃんがマオスをどうしたいのかまでは知らないけど、私と違って考えなしじゃない」

アラウメルテが危惧する通り、マオスはラァラと共に居る。

「まずいことになっても、知らないからねぇ」

第13話　巨大樹の森の戦い

巨大樹の森。

以前、シルフ達《たち》が根城としていたそこには『シルフの巣』が存在していたが、彼女達はアーゼマ村に住処《すみか》を移したので今は誰も居ない。

魔物が我が物顔でうろついていたが、それさえ掃除してしまえば野営地として再利用出来る。

ここならばアーゼマ村とも距離を保ち、安全を確保した上でギリギリだがアラウメルテと【遠声の魔法】で連絡を取り合える。

まさに完璧な隠れ家と言えるだろう。

邪魔者さえ居なければの話だが。

「やあやあ、君がアラウメルテのお姉さんで間違いないかな？」

「何だてめぇは」

巨大な樹《き》の幹に穴を開けて作られたシルフの住居、そこから身を乗り出して下に視線を向ければ、銀髪の女が笑顔でこちらに手を振っていた。

顔を見て思い出すまでもない、冒険者ギルドで長をしているラァラ・レドルクだ。

「何故《なぜ》、ここに居る」

理由に予想はついている。

アラウメルテのお姉さん、と言ったからにはそっち絡みだ。

大方アラウメルテがヘマをして全部喋《しゃべ》ってしまったのだろう。

「いや、ヘマをしたのは君の方だよティアマルタ」

「……へぇ」

何をどうしたのかこちらの思考が読まれている。

そしてこちらも何故かは知らないが、ティアマルタの名が知られてしまっている。

「聞いてばかりですまねぇが、アラウメルテの馬鹿が喋った訳じゃないのなら、どうして私の名を知っている？　それに私がヘマをしたとはどういうことだ」

「君達が使用していた【遠声の魔法】を盗聴して貰《もら》ったんだよ。名前の方はごめんよ、そっちはほとんど反則染みた真似《まね》をさせて貰った」

「『百計の加護』か、なるほどな」

冒険者ギルドにその加護を持つ者が居るという話をティアマルタは聞いたことがあった。

対象のあらゆる情報を見通す『百計の加護』の能力を使えば、こちらの名前なんてすぐに分かるだろう。思考を盗み聞きすることも容易《たやす》い筈《はず》だ。

思った以上に厄介な奴《やつ》が来たなとティアマルタは舌打ちし、観念したとばかりにシルフの住居から飛び降りてラァラの前に身を晒《さら》す。

「で？　何だよ」

「話し合いに来た。君はマオスとルーゴに興味があるようだね、でも——」

「——断る」

言い終えるのを待つことなくティアマルタは言い放つ。

加護の能力を使えば、ラァラはこちらが何を考えているか既に理解しているだろう。

「なら、せめて理由を聞かせて欲しいね」

ティアマルタは三本の指を立てて言う。

「一つ、私の目的であるマオスがここに居る、隠れているな」

一本、指を折り畳んでティアマルタは不機嫌そうにラァラに言って聞かせる。

「二つ、マオスの存在を隠していたお前に対して、私は話し合いをする気が失《う》せた」

ティアマルタの魔法の腕はそこらに居る魔術師の比ではない。

彼女が【探知魔法】を使えば、気配を隠しているマオスの存在すら感知出来る。

更にもう一人隠れているがこちらはエル・クレアだ。上空を旋回する無色透明な鳥、あの【投影魔法】を使って居場所が捜し当てられたのだろう。

ティアマルタは苛立《いらだ》つ不快感を隠さず淡々と述べる。

「三つ、ルーゴの正体はラァラ・レドルク、お前の体に聞くことにした。これで私の目的は全て達成出来る。のこのこ現れやがって、この馬鹿共がッ」

すかさず手の平に魔力を込めて照準を定めた。

敵に戦闘の準備すらさせず、ティアマルタは魔力の砲弾を使って速攻する。

「ちょっとちょっと、待ってくれよ。俺は戦いに来た訳じゃないんだ」

しかし魔力の砲弾は両断されてしまい、目標に傷を負わせることも出来ず後方で土煙を上げる。

いつの間にかラァラの手に短剣が握られていた。

速攻を仕掛けた筈だが、それ以上の早業で対処されてしまった。

思考が読まれていたのだろう。

更にもう二つ弾丸を撃ち込んでも、容易く斬り落とされてしまった。

「妹さんとは打って変わって好戦的じゃあないかい」

「あのボンクラと一緒にされちゃあ困るな」

共に『大精霊の加護』によって生み出されたティアマルタだが、アラウメルテとは何もかもが対照的な存在だった。

黒い髪色を持つ妹に対して、姉であるティアマルタの髪色は白い。

得意な魔法も補助魔法ではなく攻撃的な魔法であり、自身もこちらの方が好みである。

「なにより私の方があいつより遥《はる》かに優れている！　魔法だけでなく判断力もな！」

魔法が斬られてしまうのならば、斬ることの出来ない魔法を使えば良い。

魔力の砲弾を撃ち続けて距離を保ちながらティアマルタが指を弾《はじ》けば、赤褐色に輝く粉塵《ふんじん》がラァラの周辺を舞った。

そして粉塵を目掛けて火の弾丸を放つ。

「大爆発だ。斬ることも出来ねぇし、思考を読んだところでボカンだぜ？」

それは巨大な爆発を引き起こす【爆炎魔法】だ。

後でルーゴのことを聞き出すので威力を抑えてはいるが、生身で喰《く》らえば人の形を保つだけで精一杯だろう。剣の一本でどうにか出来る魔法ではない。

ティアマルタは全身を覆うように【防御魔法】を展開して身を守れば良いだけだ。

対するラァラは魔法の才能がほとんど無いと聞く。これで勝負あり。

「……ん？」

キン、と空気が静まり返った。

何事かと思えば、放った粉塵がラァラのもとへ集まるように収束して消え失せる。

残った火の弾丸を握り潰すとラァラが再び短剣を構えた。

ティアマルタは呆気《あっけ》に取られる。

「おや、少しビックリさせちゃったかい？」

「面白れぇ。どんな魔法を使ったんだ、聞いたことねぇぞ」

「生憎《あいにく》魔法は得意じゃなくてね、ただの特技さ」

「余計に聞いたことねぇぞ！」

目の前で起こった不可解な事態を見て、ティアマルタは後方に飛び退《の》いて更に距離を取る。

消滅か。はたまた吸収されたか。

いずれにせよそんな魔法は聞いたこともない。

魔法でなければ『加護』の能力か。

しかし『百計の加護』にそんな力はない筈だ。

「少しは焦ってくれたかな？」

たった一飛びで距離を詰めて来たラァラがずいっと顔を近付けてくる。

「その調子で後に控えているエル君やマオスと戦えるのかな？　ここいらで俺と話をする方向に舵《かじ》を切った方が賢明だと思うけど」

「っは、馬鹿言うんじゃねぇ。私は知ってんだぞ」

マオスは根城である『マオス大森林』から離れる程その力が落ちてしまう。

距離の離れた巨大樹の森ではろくに力を振るえない。普通のシルフと変わらない程に。

そしてエル・クレアの方も目を覚ましたばかりで満足に力を振るえない。

ラァラをここへ案内しただけで身を隠しているのが良い証拠だ。マオスも同様に。

「てめぇさえ倒しちまえば後は消化試合だってことをなッ！」

巨大な魔力を拳に集中させ、肉薄するラァラの腹を打つ。

「たかが人間が舐《な》めてんじゃねぇぞッ！」

「ぐッ!?」

ラァラに魔法でのダメージは見込めないが、【身体強化の魔法】で放った一撃は十分に通用するようだ。腹部を貫いた衝撃に血反吐《ちへど》を撒《ま》いている。

「うおらあッ！」

後退《あとずさ》りするラァラの横顔に蹴りを放つ。

咄嗟《とっさ》に左腕で防御していたが、強化魔法の威力の前では無駄な抵抗だ。

「くそっ……やるじゃあないかい」

蹴りでふっ飛んだラァラは宙で体勢を整え、地面に着地する。

しかし受けに使用した左腕がへし折れてだらりと肩からぶら下がっていた。あまりの衝撃で関節がいかれてしまったのだろう。

「てめぇごときが話し合いなんて悠長なこと出来ると思うなよ」

「こりゃまいったね、まさか肉弾戦も出来るとは。体はちまっこいのに、まるでルークみたいだ」

「Sランクと比較して貰えて光栄だね。なら、実力差も分かっただろ？」

「あはは、いやいや俺は諦めないよ」

「引き際も分からねぇのか、そんな奴がギルドマスターなんて聞いて呆《あき》れるな」

だがラァラはAランク冒険者だ。

その実力は本物だろう。

腕を折られてもへらへら笑っているのが実に薄気味悪い。

万全を期す必要があるとティアマルタは判断した。

「呪いの魔法だ」

ティアマルタが高く上げた左手で指を弾くと、途端に顔色を悪くしたラァラから笑みが消える。

先ほど殴り付けた腹に『魔紋』を仕掛けておいた。

そして魔法を行使すれば魔紋を通じて強力な呪いがラァラを襲うのだ。

「な、んだい……これは？」

「気分が悪いだろう？　やがて死に至る【呪殺の魔法】だ。呪う工程を『魔紋』で省いているから一気にとはいかないが、三分もすればお陀仏《だぶつ》だぜ？」

となれば、

「まあそうくるよな」

ラァラの腹部に施した魔紋が消えて行くのをティアマルタは感じ取った。

やはり彼女は魔法そのものを消し去ることが出来るようだ。少しずつ顔に生気が戻っていく。

それがどんな特技か知らないが、もう一つ試してみたいことがある。

「――【解除魔法】」

今度は右手の人差し指で照準を定め、その魔法をラァラに掛ける。

これは対象に掛かったあらゆる魔法効果を取り除く高等魔法だ。例えば敵に魔紋を仕掛けられてもこの【解除魔法】を行使すれば、簡単にそれを取り除くことが出来る。

ただし強力な魔術師が掛けた魔法は消せない場合もあるが、魔法の才能がないラァラが使用している【身体強化の魔法】くらいなら、ティアマルタにかかれば容易く解除することが出来るだろう。

「一度に二つの魔法を消し去ることは出来ねぇみたいだな」

「……正解。よく、分かったね」

「それとてめぇ、【身体強化の魔法】で肉体を強化してやがったな？　魔法を斬ったり、私の蹴りを喰らって腕が折れるくらいで済んでるのが良い証拠だ」

「そ、そっちの方は……どうかな？　うぐッ……！」

「……どうした？」

ラァラの息切れが激しい。いや、そもそも様子がおかしかった。

ティアマルタが使用した二度目の魔法は【解除魔法】であり、それは一度目に使用した【呪殺の魔法】のように対象の身体に悪影響を与えるようなものではない。

ただ、魔法効果を解除するだけだ。

【呪殺の魔法】は消したようだが、先ほどよりも顔色が悪くなっている。

それどころか汗を滝のように流して見るからに辛《つら》そうだ。

「おいてめぇ、大丈夫かよ。殺すつもりはねぇんだ、喋って貰うことがあるからな」

「あ……はは、ごめんよ。これは俺の問題なんだ。まあ、君のせいでも、あるけどね」

「はぁ？」

苦しそうにしているラァラの体がうっすらと光を帯びていく。

訳も分からずティアマルタは一歩後ずさる。

「君も知っての通り、俺は……魔法が得意じゃない。はぁ、一つだけ、たった一つだけしか使えないんだよ」

「何だ、言ってみろ」

ラァラから感じ取れる魔力がどんどん膨れ上がっていく。

人間が持っていて良い魔力ではない。ティアマルタを生み出した『大精霊の加護』を持つ賢者、大魔術師オルトラムよりも巨大な魔力だ。

「【人化の魔法】だよ」

「てめぇ、まさか……」

魔法で人に化けていたと。

光を帯びたラァラの体がどんどん大きくなり、あるべき姿に形が整えられていく。

頭部からは角が突出し、背からは翼が伸び、臀部《でんぶ》からは尾が伸びる。

口からは何十本もの鋭利な歯が顔を覗《のぞ》かせ、その身は真白い鱗《うろこ》に覆われている。

「ま、まじかよ……」

やがてラァラはこう言い表せる化け物に姿を変貌させた。

竜だ。

「あはは、まさか【人化の魔法】を解除させられてしまうとはね」

まるで人の様にけらけらと笑う竜が、赤黒い目でこちらを見下ろしている。

英雄ルークでようやく対抗出来る化け物が目の前に居る。

「おいおいおい、なんだよそれ……反則じゃねぇか」

「おっと、勘違いしないでおくれよ。俺は人であって竜じゃあない」

どの口がと表情を歪《ゆが》めたティアマルタは、身を低くして臨戦態勢に入る。

竜は何度か遠目で見たことがあるのみで相手にした経験は一度もない。魔法の腕には自信があるが、竜を相手に戦って勝てるかは分からない。逃走を図ったところで逃げられるだろうかも。

「逃げようだなんて考えないでくれよ、この姿になったら加減が難しいんだ。もしそうなってしまったら、アラウメルテに顔向け出来なくなる」

「当たり前のように頭の中を覗きやがって……、どうして竜が加護を貰ってやがんだ！」

「だから竜じゃないってば。この際だから言うけど、俺は『神竜の加護』の力で竜になってるんだよ。こっちだって迷惑してるんだ」

「神竜だと？」

白竜メルフィーヌ。大昔に王国に対して唯一友好的だった竜の名だ。

ティアマルタはその名をオルトラムから聞かされたことがある。

死した後は大精霊によって精霊にされた筈だが、その白竜が加護を降ろした相手が今目の前に居るラァラ・レドルクということになるのだろう。

だとすれば、得意気に言っていた魔法を消滅させる特技にも納得がいく。

白竜の鱗は魔力を吸収して閉じ込めてしまう性質がある。だからラァラには魔法が効かないのだ。

あれは消滅させたのではない、鱗に閉じ込めてしまったのだ。

そして閉じ込めた魔力——魔法をラァラは自由に発散させることが出来る。

「くそッ！」

魔力を限界まで足に集中させてティアマルタは後方に飛び退いた。

巨大樹の幹を蹴り飛ばして大きく跳躍し、ラァラの視界から逃れようとする。

「待てよ」

「うッ!?」

ティアマルタの体が宙で拘束された。

次の瞬間にはラァラのもとまで引き戻され、地面に押さえ付けられてしまう。

これは【重力魔法】だ。

事前に蓄えていた重力を操る魔力を今発散させたのだろう。

「君が先にちょっかい掛けて来たんだ、逃げられると思うなよ」

「は、はぁ!?　てめぇが勝手にここへ来たんだろうが！」

「アラウメルテをアーゼマ村に送り込んだのは君だろ？」

「あ、ああ……それがどうしたってんだ。てめぇには関係ねぇだろ！」

「そうでもないさ、アラウメルテは冒険者ギルドの仲間だからね。それに俺個人にとっても大切な協力者なんだからさ」

「っは、協力関係を結ぶよう言い付けたのは私だ。あいつもてめぇなんかどうとも思ってねぇよ」

「あっそ。何でそんなことしたんだい？」

「馬鹿か、言う訳ねぇだろ」

「言わなくて良いよ。全部分かるからね」

白竜の鱗は吸収した魔力を自由に発散出来る。

それは神から与えられた『加護』においても同じことだ。ラァラは恐らく『百計の加護』すらも蓄え、自由に行使している。

だから他人の頭の中を覗くことが出来る。

「ぽんぽん反則技使ってんじゃねぇぞてめぇ！」

「だから俺は平和的に話し合いしようと言ったじゃないか、拒んだのは君だよ」

「……くそがッ！」

重力で押さえ付けられた体を無理やり起こそうとすれば、その分だけ加重を掛けられ余計に身動《みじろ》ぎ出来なくなってしまう。

ラァラがこちらに指を向けて【重力魔法】を行使するだけでこの有様だ。

竜の持つ巨大な魔力に抗《あらが》うことが出来ない。

どうすることも出来ない。

「あはは、仮に逃げ出せたとしてもマオスやエル君が容赦しないよ」

「あいつらに何が出来るってんだ」

「マオスを舐めてないかい？　いくら森を離れて力が弱まっているとはいえ、君をどうこうするのは訳ない。だって神様だからね」

ふと、上空に視線を向けると黄金色の空に緑色の雲が浮かんでいた。

これは結界術だ。最初から逃がすつもりはなかったらしい。

「それにエル君はもう全快してるよ。ここに出て来ないのは俺が止めてるからさ。あの子は『魔人の加護』のせいで力が凄《すご》いからね。きっとやり過ぎちゃうよ」

巨大樹の幹に隠れて空色の髪をした少女がじっとこちらを見据えている。

その手には杖《つえ》が握られており、いつでも攻撃出来るよう照準を合わせている。

「おいエル・クレア！　てめぇはオルトラム様の弟子だろ！　私はオルトラム様の精霊だぞ！　こんなことして許されると思ってんのか！」

しかしこちらに向けられている杖の照準は一向に外れない。

初めからどんな言葉にも耳を傾ける気はないらしい。

「エルはもうあの人を裏切らないって決めたの。あなたが誰だかよく知らないけど、恨まないで欲しいです」

「誰だよあの人ってのはよぉ」

アーゼマ村に親しい友人でも居たのだろうか。

もう裏切らないという言葉の意味が気になったが、ラァラに「待て」と加重を強められる。

「質問するのは俺だ」

「……どうせ加護の力で問答無用なんだろ？」

「そうだね、じゃあさっそく聞こうか。マオスを探していた理由は？　ルーゴの正体を暴こうとした理由はなんだい？」

ティアマルタは答えない。

しかし他人の頭の中を覗けるラァラには全て筒抜けだ。

人は問い掛けられれば無意識にでも答えが頭を過《よぎ》る。それは精霊も同じだ。

「オルトラムにマオスを捧《ささ》げれば気に入られる？　へぇ、たったそれだけ？」

「悪いかよ、仮にも私達の生みの親のようなもんだ。それにあの人から色々なことを教わったんだ、少しでも報いたいって思ったんだよ」

そう伝えると、ラァラが器用に竜の顔のまま不思議そうにする。

「何だよその顔は、そんなにおかしいか？」

「いや、そんなことはないよ。愛情ってやつだね。ただ、それを少しでもアラウメルテに向けてやれなかったのかい？　もしかして嫌いなの？」

「はぁ？　何言ってやがる、あいつは俺の家族だぞ。そんな訳ねぇだろ」

「……へぇ」

なるほどね、と口元を歪めてラァラが薄く笑った。

また勝手に思考を読んだのだろう。分かった気でいるのではない。頭の中を覗いて本当の心情を理解されてしまうのが非常に腹立たしい。

ティアマルタは見せつけるように表情で不快感を示した。

「全部アラウメルテの為《ため》だって？　厳しく叱責するのも、辛く当たるのも」

「あいつはボンクラだからな。優しくするだけじゃ甘えになるだけだ。お陰で大分マシになってきたぜ？」

「でも泣いてたよ？」

「嘘《うそ》を吐《つ》くな」

「本当さ。ハルドラ君に弱みを見せるくらい、君に厳しくされるのが辛かったんだろうね」

「……嘘だ」

そんな訳がない。

妹は自分に弱みを見せることはあっても他人に見せることはない。

そういう風に言い聞かせてきた。

でなければとても王盾魔術師としてやっていけない。

オルトラムを守護する為に生み出された精霊としてやっていけないと。

「またオルトラムか。そんなんだからアラウメルテに嫌われるんだよ」

「勝手なこと言うんじゃねぇ！　俺がアラウメルテを強くしたんだ！　今回の任務だってあの子に強くなって欲しいから言い付けたものだ！」

「だからってマオスを連れて来いとか、ルーゴの正体を暴いて来いは無謀じゃないかい？」

「失敗しても良いんだよ、次に活《い》かせば良いんだ！　何かあってもすぐに助けられるように、私は今回わざわざ王都から出て来たんだよ！」

「急に語気を強くしたね」

「て、てめぇがそんなんだから嫌われるとか勝手なこと言うからだろが！」

「でも動揺したね」

ラァラが人の思考を読めることはもう理解した。

だからティアマルタは怖くなったのだ。こいつはアラウメルテの頭の中も覗いているんじゃないかと。その上でさっきの言葉を吐いたのではないかと。

「そんなに気になるなら【遠声の魔法】でも使って確認してみたらどうだい？」

「っは、うるせぇな！　言われなくても聞かせてやるよ！　あいつは俺に感謝してる筈だぜ？　なにせ昔っから俺が居ないと駄目な奴だったからな！」

　ラァラが使用していた【重力魔法】が解かれたので、ティアマルタは指を振るって【遠声の魔法】を使用した。

　浮かび上がる光球に声を掛ければ、向こうに居るアラウメルテの声がこちらに伝わって来る。

『お、お姉ちゃん……、どうしたのぉ？』

「おい、アラウメルテ。お前は私が嫌いか？」

『何でそんなこと聞くの？』

「ラァラって奴が訳の分からねぇこと言いやがるんだ。お前は私のことが嫌いなんじゃないかってな。おい、言って聞かせてやってくれよ、そんなことねぇってな」

『ラァラはどうしたの？　話し合いに向かったって聞いたけどぉ』

「戦いになったが……私が負けた。というか聞いてんのはこっちだ。早く答えろよ」

『…………』

　ティアマルタの言い様にアラウメルテが押し黙る。

　急な沈黙に耐えられなくなったティアマルタは答えを急がせる。

「お、おい。なんで黙るんだよ。早く言えよ、言ってくれよ。私達は姉妹だろ？」

　それでもアラウメルテの答えは返ってこない。

目に見えて狼狽《ろうばい》する様子を見せたティアマルタは光球を握り締めた。

「おい！　アラウメルテ！」

『……お姉ちゃんの方こそ、私のことが嫌いなんじゃないのぅ？』

「そ、そんな訳ねぇだろ。強く言ってるのも全部お前の為だったんだ、分かるだろ？」

『だったらもう少し優しくしてよぉ……。私、そんなお姉ちゃん、嫌い』

「……え？」

そう言い残して【遠声の魔法】がブツリと途切れた。

一部始終を聞いていたラァラが頭を下げてティアマルタに視線を合わせる。

「仲直りしたいのなら、少なくとも改めるべきだね」

「う、うるせぇ。てめぇ、話し合いがしたいとか言っていたが、まさかこんなことをする為にここへ来たのか？」

「いや？　君にはアラウメルテに与えた任務を諦めて欲しいと伝えに来た」

どうする？　と聞いてきたアラウメルテが翼を大きく広げる。

断ればこのまま再び戦闘になるだろう。

魔法が一切効かない竜が相手では戦うだけ無駄だろう。逃げてもマオスが結界を展開しているのでこちらも無駄だ。

なにより、今のティアマルタには任務の達成よりも重要なことが出来てしまった。

「わ、分かった。マオスもルーゴも諦める。だ、だからよ、アーゼマ村に私を連れてってくれないか？　勝手だって分かってるが、アラウメルテに会いたい」

「いいよ。その代わり手前までだけどね。竜の姿を晒すと色々まずいからさ」

「何でも良い、頼む」

竜の翼で飛べばアーゼマ村まですぐだろう。

ティアマルタはラァラの背に乗り、アラウメルテのもとへ急ぐことにした。

第14話　無事でなによりです

それは今朝のこと。

「リリムさん、今日はお弁当多めに作った方が良いっすよ」

杖《つえ》に変えられてしまった村長達《たち》を元に戻す為《ため》に尽力してくれているルーゴとファラの為に、リリムがいつものようにお弁当を作っていると突然ペーシャにそう言われたのだ。

なので今日はいつもより多めに用意した弁当を持ってルーゴ達の居る村長宅を訪ねると、ペーシャがどうしてそんな助言をしてきたのかの理由が分かった。

「誰だてめぇ」

「え」

玄関の扉をノックすると見知らぬ少女が出て来たのだ。

真っ白な髪をした幼い少女だった。一瞬シルフかと思ったが違う。

「ここはてめぇみたいなケツの青いクソガキが来る所じゃねぇぜ。帰んな」

「は」

なによりこんな口が悪い女の子は全く知らない。

肉を香水で煮込んだような臭いを放つエプロンをしているので、錬金術のお手伝いをしているようだが。

王都から王盾魔術師が来るのでしばらく来るなとルーゴに言われ、リリムはしばらく村長宅に足を運んでいなかったのだがその間に一体何があったのだろうか。

「こらティアマルタ！　彼女は薬師のリリム君だよ、朝食を届けに来てくれたんだ」

ティアマルタの背後から現れたファラが、すかさずその頭上にチョップを落とす。

「痛《い》ってぇな、何すんだ！　せっかく客を迎えに出てやったのに！」

「迎える態度じゃあないよそれ、君は口の悪さを直した方が良いね、今すぐ」

「う、うるせぇな」

「ほらほら、仕事に戻った」

ファラがティアマルタの腕を摑《つか》んで室内に引き戻すと、片手を上げてリリムに向き直った。

「やあやあリリム君、しばらくぶりだね。元気にしてたかい？」

「久しぶりといってもたった数日ですけどね、ファラさん方はどうですか？」

「こっちは順調さ。なにせお手伝いさんが五人増えたからね」

「五人もですか？　それはすごいですね」

廊下を通って中の扉を開けると、巨大な錬金釜が視界に飛び込んでくる。

そこでは先ほどの口の悪い白髪少女ティアマルタが、ぶつぶつと文句を言いながら釜をかき混ぜていた。

「くそ、何で私がこんなことを……」

「ちょっとお姉ちゃん、口ばかり動かしてないで手を動かすのぉ！」

「わ、分かったって……、お姉ちゃんが悪かったよ」

見るからに嫌そうに釜をかき混ぜていたティアマルタに、黒髪の少女が野次を飛ばしていた。こちらの女の子はリリムも知っている。

ルークの元パーティメンバーであるアラウメルテだ。

「あ、アラウメルテ様!?」

「あらぁ、いらっしゃぁい。リリムさんよね？　初めましてぇ～」

「あ、はい、初めまして……リリムです」

事務机の前で椅子に座っていたアラウメルテがこちらに手を振っていた。

確か聞いていた話では、彼女は王盾魔術師でありルーゴの正体を暴こうとしていた筈《はず》なのだが、そのルーゴが隣に居るのはどういうことなのだろうか。

更には部屋の奥で王都に帰った筈のハルドラが、何か得体の知れない石をナイフで黙々と削っている。こちらも気になってしょうがないが、リリムはとりあえずルーゴに視線で説明を求めた。

「……色々あってな」

「あり過ぎじゃないですか？」

言葉が足りな過ぎるだろう、なんて思っていると後ろに居たラァラに手を引かれ、近くにあったソファに座らされる。

「えっとだね、ひとまずアラウメルテとルーゴの方は大丈夫だよ。もう解決した」

こっそりする必要があるのかは分からないが、ラァラが小声で耳打ちしてきたのでリリムも小声で応対する。

「ど、どういうことですか？」

「まあ本当に色々あってね、二人は仲直りすることにしたんだって」

「私もルーゴさんから色々聞きましたけど、仲直り出来るものなんですか？」

ルーゴ、いやルークはアラウメルテ含むパーティメンバーに殺されかけたと言っていた。

自分を殺そうとした相手とどういう過程を経て仲直りしたかは知らないが、

「あはは、まあまあ、こればっかりは当事者しか分からないからね」

ラァラは笑みを作ってお道化ていた。

「ちなみにあっちの白い髪の子はティアマルタといってね、今回色々あった騒動の元凶だよ」

ラァラが指で差し示した先に居る白髪の少女ティアマルタ。

どうやら彼女がアラウメルテに指示を出して色々画策していたらしい。

こちらもリリムが知らない内に解決したらしく、反省の一環として錬金術のお手伝いをさせているとのことだ。

ちなみに奥で石を削っているハルドラもティアマルタの画策に巻き込まれた一人らしい。

何もかもリリムが知らない内に解決してしまったようで居た堪《たま》れなくなってくるが、一つだけリリムでも知っていることがある。

丁度、村長宅の二階からとたとたと軽い足音がしてきた。きっと彼女だろう。

「お待たせしました！　マスターから言われてた素材、ちゃんと刻んできたよ！」

「お、良いね。良く出来てるよ」

慌ただしく扉が開かれると、エルが均等に刻まれた薬草を満面の笑みでラァラに見せつける。

「でしょでしょ！　あたしも手伝ったんだから当然よ！」

ラァラに褒められて胸を張るエルの隣で、主張の強いティーミアがふふんと鼻を鳴らしてドヤ顔をかましていた。

そういえば見ないなと思っていたが、どうやらエルと一緒に錬金術のお手伝いをしていたらしい。

ただし顔色が若干悪いので、やはり室内に充満している肉を香水で煮込んだような臭いは苦手らしい。

仲良く作業している二人を見て何だかほっこりしてくるが、リリムは薬師としてこの二人に言い聞かせてやらなければならないことがある。

「ティーミア、駄目ですよ。エル様は病み上がりなんですからあまり無理をさせては」

「べ、別に良いじゃない。少しお手伝いするくらいなら」

「少しくらいなら大丈夫ですけど……、エル様も本当に気を付けてくださいね」

「エルは大丈夫です。これでもAランク冒険者なので」

「関係ないです」

「……分かった、じゃあちょっと休憩しようかな」

「よろしい」

どうやら納得してくれたみたいなのでリリムもこれで一安心だ。と思っていたのも束《つか》の間《ま》、エルがすぐさまルーゴのもとに向かってわーわー騒ぎだす。ティーミアも同調してエルと一緒に騒ぎ始めたのでリリムは頭を抱えた。

「ちょっと何よぅ……、エルちゃんってば私とも久しぶりの再会なのにぃ」

「ルーゴ様はとびきり久しぶりの再会なので……、あしからずです」

エルとティーミアにルーゴの隣から追い出されたアラウメルテが、溜息《ためいき》を溢《こぼ》してバツが悪そうにティアマルタの方へと向かう。

近くに置いてあった棒を手に取り、錬金釜に突っ込めばぐるぐるとかき混ぜ始めた。

「追い出されちゃったから……手伝ってあげるわぁ、お姉ちゃん」

「わ、悪ぃな、ありがとよ」

「……うん」

俯《うつむ》きながら言うアラウメルテに、ティアマルタが頭を掻《か》きながら言い難《にく》そうに礼を言う。

あちらはあちらで何か色々ありそうだなと様子を見ていると、隣のラァラが「あっちは仲直りの途中なんだよ」と言った。

お姉ちゃん、と言うからにはあの二人は姉妹なのだろうが、事情を知らないリリムは仲良くすれば良いのにと思ってしまう。

ティアマルタもアラウメルテも厄介事を起こすつもりはないみたいなので、これで少しはルーゴの肩の荷も下りただろう。

「そういえばルーゴさん、またお弁当を作ってきたのでどうですか？」

「ん、ああ、助かるよ。いつも済まないな」

「いえいえ、これは村長達の為でもあるので」

朝っぱらから作業しているルーゴ達はまた無理をしていることだろう。

けれどもお手伝いが五人も増えたので、村長達が元に戻る日はそう遠くないのかも知れない。

リリムは計七名となった大所帯を前に、助言をくれたペーシャに感謝しつつ弁当を広げた。

◇◆◇

村長宅が大所帯となってから数日後。

あれから何度か村長宅へと足を運んでいるが、あまり進展は無いらしく杖にされた人達が元に戻る様子は無い。

それだけ【変化の魔法】を解除するのが難しいのか、それともロポスの魔法がそれだけ強力な物なのか、リリムには分からない。

ラァラとルーゴは大丈夫だと言うが、最悪の事態も想定しておかなければならないと、不安がふつふつと沸き上がってくる。

「リリムさん、浮かない顔してまっすね」

「また心配事を探しておるのかお前は」

特に仕事が無いので診療所の二階にある調薬室にて薬の調合をしていると、居候をしているペーシャとマオステラの二人が心配そうにこちらを覗《のぞ》き込んできた。

「いえ、そんな事ありませんよ」

「本当にそうっすか？　リリムさんって元気無い時はひたすら無心で調薬してまっすからね。何かあったんじゃないっすか」

ペーシャとの付き合いはまだ短い方だが、普段の生活や習慣からか、リリムの考えている事は見抜かれているようだった。

隠している訳ではないが、ペーシャ相手に隠し事は出来なさそうだとリリムは苦笑する。

「ラァラさんの錬金術がちゃんと成功するか心配だったんですよ。ルーゴさんも大丈夫だとは言ってくれたんですけどね」

「ルーゴさんが大丈夫だって言うなら大丈夫っすよ。たぶん」

「そうですよね。きっと皆、元に戻りますよね」

今までルーゴはリリムに一度も嘘《うそ》を吐《つ》いた事は無い。ペーシャの言う通りで彼が大丈夫だと言うのならば、きっと大丈夫なのだろう。

村長達はきっと帰って来てくれる筈だ。

「ん、なんじゃ？」

ふと何かの気配を感じたらしいマオステラが調薬室の出入口に頭を振り向かせた。

その直後、扉の向こうからリリムを呼ぶ声が聞こえてくる。

ルーゴの声だ。

ただし魔法で作られた分身の方だが。

エルの介抱をする必要がなくなったので、手すきの分身を使って広場で冒険者への魔法の講習を再開させたようだ。

その分身ルーゴが広場を離れて診療所に来るとは何かあったのだろうか。

それも声色からして、少々急ぎの用があるらしい。恐らくは急患だろう。

リリムは薬の準備をペーシャに指示し、早足に調薬室を後にする。

「ルーゴさん、どうかしましたか」

「忙しいところすまないが、フレイルの奴《やつ》を急ぎで診てやってくれないか。村の外で魔物を相手に魔法の実験をしていて怪我《けが》をしたらしい」

調薬室を出て階段を下りて行くと、そこには分身ルーゴともう一人、腕から血を滴らせるフレイルの姿があった。

診療所では稀《まれ》にこういった事があるのだ。

魔物と遭遇して怪我を負った村の住人が駆けこんで来たり、村の周辺で魔物と交戦した冒険者が治療を求めてやって来たりする事が。

アーゼマ村で診療所を営んでいるリリムにはもう見慣れたものなので、慣れた手付きでフレイルに肩を貸して診察室のベッドに寝かせる。

「うぅぅ痛いぃ、死ぬぅ……」

「はいはい、大丈夫ですよ。大きな傷では無いので安心してくださいね。今から怪我を診るのでじっとしててください」

「は、はいっス……」

リリムは冒険者の上着を切り、濡《ぬ》れタオルで血を拭う。

確認すれば傷はそれほど大したものではなく、動脈も運良く外れているので今すぐ命がどうこうという訳ではない。

しかし、容態というのは心の持ちようで変化してしまうので、リリムはなるべくどんな時でも強い言葉を投げかけるよう心がけている。

「ペーシャちゃん、三番と四番のお薬をお願いします」

二階の調薬室にて薬の用意を指示していたペーシャに呼び掛ければ、すぐにペーシャが指定した薬をリリムへと届けてくれた。

ちなみに居候のマオステラにも診療所に居るからにはお手伝いを、ということでペーシャの助手をさせることにした。

「ほら、マオステラ君。早くお薬を運ぶっすよ」

「お前、仕事が終わったら覚えておれよ」

「じ、冗談でっす……あ、はいリリムさん、お薬っす」

「ありがとうございます。あとは包帯と布をお願い出来ますか」

「あいっす。分かりまっしたよ」

再びペーシャとマオステラに指示を出し、リリムはフレイルが腕に負った傷口に視線を向けた。

出血は未《いま》だ止まる様子がない。

急いで患部を止血する必要がある。

マオス大森林からは止血作用のある植物等も採取出来る。

それに加え、自然治癒力を向上させる薬草を煎じて生成したポーションを患部に塗り、清潔な布で圧迫してあげればすぐに出血は治まるだろう。

腕が千切れるといった余程の重傷でない限り、あのポーションで事足りる。

効果が強力な分、気怠《けだる》さ等の副作用も現れるが、二日も安静にしていれば広場の魔法講習に復帰出来るだろう。

「はい、これで治療は終わりです。すぐに良くなりますよっ」

腕に包帯を巻いて治療が終えたことをフレイルに告げれば、先程までの顔面蒼白《そうはく》といった様子はどこへやら、ほっとした様で顔色に血色が戻ってきた。

「あ、あああありがとうございます、リリムさん！　あなたは俺の命の恩人ですよ！」

「命の恩人は言い過ぎですよ……ってうわぁ!?」

余程感激したのかリリムはフレイルに手を取られてしまった。それも両手で。

腕の怪我が良くなったようでなによりだが、命の恩人と言われる程の事はしていないので、リリムは反応に困ってしまう。

「フレイル。あまりリリムを困らせるな」

すると、診察室の外で様子を窺《うかが》っていた分身ルーゴがフレイルの頭を軽く叩《たた》いた。

「だ、だって！　リリムさんってギルドでも凄腕《すごうで》ってちょっとだけ有名じゃないですか！　その腕前を間近で見て感激しただけですよ！」

ちょっとだけなのか、と僅かにショックを受けるリリムを余所《よそ》に、何やら興奮した様子のフレイルは何をとち狂ったのか、治療を終えた腕をぶんぶんと振り回し始めた。

「リリムさんの作る薬は即効性って聞いてましたけどすごいっスね！　もう腕に痛みがないです

よ！　血も止まったみたいだし！」

「ちょちょ！　治療したばかりの腕を振り回さないでください！」

大人しくしないと傷が開いて死ぬぞと脅せば、フレイルは血相を変えて腕を振り回すのを止《や》めてくれた。

ようやく安静したフレイルを見て、分身ルーゴが踵《きびす》を返す。

「さて、俺はフレイルに怪我を負わせた魔物を始末してくる。魔法障壁の近くをうろついていたらしいからな。リリム、こいつのことは任せても問題ないか？」

「はい、大丈夫です。私に任せてくださいな」

「すまない」

言うが早いかルーゴが診療所を後にすると、玄関先へと見送りに来たリリムの視界からその姿が消え失《う》せる。きっと【身体強化の魔法】を使って魔物のもとへ向かったのだろう。

分身魔法は本体と分身体で魔力を等分割してしまうとマオステラは言っていたが、ルーゴは魔力を分割されてもさほど問題ないようだ。

「相変わらず無茶苦茶だなぁ、あの人」

リリムがそう呟《つぶや》いた直後、アーゼマ村の外から響いた衝撃音が耳をつんざいた。音のした方向に視線を向ければ、爆炎と共にブラックベアが数体空へと打ち上がる。

「魔法関係なしに無茶苦茶ですよね、ルーゴ先生」

いつの間にか背後に居たフレイルの言葉に「やっぱり他の人もそう思うんですね」とリリムは同調した。

「リリムさんって誰に薬の作り方を教わったんですか？」

腕に怪我を負ってしまい、リリムの診療所にて入院が決まった冒険者フレイルが不思議そうに尋ねた。

「あ、それ私も気になってたっす」

フレイルの腕の包帯を巻き直していたペーシャがそれに便乗する。

以前、ペーシャには少しだけその話をした筈だったのだが、どうやら忘れてしまったらしいのでリリムはもう一度教えることにした。

「アーゼマ村の村長ですよ。あの人に薬の生成方法を教わったんです。おまけで適切な薬の使用方法とかもですね」

フレイルに施したポーション等もアーゼマ村の村長に教わった方法で生成した物だ。診療所の二階にて保管されている数多くの薬品も村長から。

診療所を開くためならばと、薬の適切な使用方法について一から村長に叩き込まれた。

「へぇ～、ルルウェルさんがアーゼマ村にはすごい人がいっぱい居るって言ってましたけど本当だったんですね」

リリムが誇らしげにそれらを説明すれば、フレイルは村長がいかに凄《すご》い人なのかを理解してくれたようだった。

「そういえば村長さんはリリムさんのお師様だって言ってましったね。それにしても村長さんって何者なんすか？」

フレイルとは打って変わり、ペーシャは腕を組んで首を捻《ひね》っていた。村長が何者なのか気になるのだろう。しかし、そんな事を聞かれてもリリムには村長は村長だとしか言いようがない。

リリムも以前にペーシャと似た疑問を村長に投げかけ、そしてはぐらかされてしまったのだから。


それはリリムがアーゼマ村へやって来て間もない頃だ。

村長の家で居候させて貰《もら》っていたリリムはある日、原因不明の高熱を出してしまった。

解熱薬を施しても熱は全く治まらず、王都から医者を呼ぼうにもリリムはそれを強く拒否する。

なにせリリムの体には、エンプーサであった証拠である羽と尾を切り落とした傷跡があるのだから。もし体を診られれば疑いの目を向けられかねない。

絶対に嫌だと駄々をこねるリリムを見て、村長は何を思ったのか突然、土色の粘土の様な物を捏《こ》ね始めた。

「村長、それなにやってるの？」

「これリリム。ワシの事は村長ではなくじぃじと呼びなさい。なんか堅苦しいじゃろそれ」

「でもみんな、村長のこと村長って呼んでるよ？」

「それはワシがこの村の村長だからじゃよ」

「じゃあ村長じゃん」

「…………まあよい。これはお薬を作っておるんじゃよ」

器の上にどんと置かれた土色の物体。

それが薬になるのかリリムは甚だ疑問であったが、村長は滅多に嘘を吐かないので、これは確かにお薬なのだろう。

しばらく待つこと数十分。

やがて出来上がったお薬を飲めば、リリムの体を蝕《むしば》んでいた高熱は治まってしまった。

「じぃじすごい！」

「やっとじぃじって呼んでくれたか」

「だってすごいんだもん！」

「ほっほっほ。そうじゃろそうじゃろ、ワシ凄いじゃろ」

前々から村長がアーゼマ村の住民に薬を分け与えていることは知っていたが、その薬がこんなにも凄い物だったとはリリムも知らなかった。

たった一つ飲むだけですぐさま体調が良くなってしまう。

それも原因不明の高熱すら治してしまう非常に優れた薬。

リリムはすぐにこの薬の作り方を教えて貰おうと考えた。なにせリリムには高熱の理由が分かっていたのだから。

エンプーサは魔力を他者から強奪して生き長らえる魔物だ。その正体がバレる訳にはいかない。リリムにはこの薬が必要だ。

それを理由として村長のお手伝いをする様になったリリムはある日、ふとそんなすごい薬を作ってしまう村長が何者なのかが気になった。

「村長って、どうしてこんなにすごいお薬を作れるんですか？」

「じぃじと呼んでくれるなら教えてやらんでもないぞ」

「じぃじって、どうしてそんなに凄いお薬を作れるんですか？」

「良い根性しとるなリリム」

ちょっとだけ複雑そうな顔をした村長は、薬を捏ねながら思い出すかの様にリリムへ語った。

今の時代は賢者オルトラムによって魔法が普及され、魔術師が少しずつ増えている。お陰で治癒魔法を扱える者も増えていき、国の年間死者数は年々減っていっているのだとか。

村長が若い頃は今よりも魔法は珍しい物で、治癒魔法の依頼をするだけで莫大《ばくだい》な金が必要だった。

「だから薬を必要としている人が大勢おったのじゃ」

「そうだったんですね。ですが、それは分かりましたけど、じぃじが凄いお薬を作れたのはどうしてなんです？」

「どうしても何も、ワシはたまたま才に恵まれたというだけじゃ」

「えぇ～……、本当にそれだけなんですか？」

「本当じゃよ」

ほっほっほと村長は笑みを浮かべて髭《ひげ》を摩《さす》っていた。

はぐらかされた気がしてならないが、リリムもふと気になっただけなのでこれ以上とやかく言うつもりはない。魔力を補給出来る薬の作り方だけ教えて貰えればそれで良いのだから。

「リリムもワシを見習って立派な薬師になるんじゃぞ」

「……まあ、ほどほどに頑張りますよ」

「なんじゃ、やる気が感じられないの」

「やる気がない訳ではないですが、ほどほどに、という事です」

リリムは魔物だ。

いつその正体がバレるかも分からない。

なのでいつまでもアーゼマ村に引き籠っている訳にはいかないのだ。独り立ち出来る様になれば、すぐにでもこの村を出ていくつもりでいる。

どこの子とも知れないリリムを家に置いてくれた村長には感謝はしているが、それはリリムがアーゼマ村に留《とど》まる理由にはならない。

エンプーサは王都の冒険者ギルドで危険生物に指定されており、死体を持ち帰れば多額な報奨金が出る。いつ正体がバレて殺されるか分かったものではないのだから。

「とまあ、そんな感じで『たまたま才能に恵まれた』と言われてはぐらかされてしまいましてですね。私も村長の昔についてはあまり知らないんですよ」

「えぇ〜、なんすかそれ、絶対怪しいでっす」

説明すれば、ペーシャはなんだか納得がいかないといった顔をしていた。フレイルは自身の腕に巻かれた包帯を眺めながら村長の正体を勝手に考察している。

「俺の腕の傷を治したポーションも、リリムさんの師匠である村長様が開発した薬なんすよね？実は王国の神王様に直接仕えていた偉い人なんじゃないんですか？」

「う〜ん、それはどうでしょうか。今度また、改めて聞いてみましょうかね」

ついでに、村長から生成方法を学んだポーションを使ったら喜んで貰えたとも報告しようとリリムは思った。

立派な薬師になるんだぞと言った村長なら、きっと成長したなと喜んでくれる筈だ。

フレイルに施した包帯の巻き方も村長から教わったものだ。簡単な止血方法だって村長から教わったものだ。薬の生成方法なども全て。ルルウェルはリリムの作る薬はすごいと言ってくれているらしいが、本当にすごいのは村長なのだ。

そうだ、何から何まで村長から教わった。

「村長が……元に戻れたら、また、聞いてみましょう」

「あれ？　ちょ、リリムさん。大丈夫っすよ、きっと元に戻れる筈でっすよ」

リリムの様子がおかしくなった事に気が付いたペーシャは、慌てた様子で診察室に置かれていた一枚のタオルをリリムに差し出した。

「あ、ありがとうございます、ペーシャちゃん。駄目ですよね、フレイルさんも居るのにこんな……」

差し出されたタオルでリリムは目元を拭う。

客人が居るというのに湿っぽい所を見せてしまうとは薬師の風上にも置けないだろう。しかしフレイルはなんてことはないと手を振っていた。

「俺は全然気にしないんで。それにほら」

そう言ってフレイルは背面にある窓を指で差した。

一体どうしたのだろうかとリリムが振り向けば、窓の向こうに真っ黒兜《かぶと》が無言で佇《たたず》んでいる。

リリムは何度かこういう場面に遭遇しているので、もはや驚きもせずに窓を開け放った。

「ルーゴさんどうしたんですか？　魔物の討伐はもう終わったんです？」

「魔物？　何の話だ」

リリムが問えば窓の向こうに居るルーゴが小首を傾《かし》げる。

ルーゴはフレイルに負傷を負わせた魔物の始末に向かっていた筈なのだが、それに心当たりがないとなれば、今リリムと向かい合っているルーゴは分身ではなく本体という事になる。

本物ルーゴは村長宅でファラと共に錬金術に勤《いそ》しんでいる筈なのだが、どうしてこんな所に居るのだろうか。

そこまで考えた所で、ふとリリムはルーゴと目線を合わせる。

それに応える様にして、ルーゴは頷《うなず》いた。

「喜べリリム。ファラが錬金術を成功させたぞ」

リリムは一呼吸を置いて、村長宅へと走り出した。

◇◆◇

「そ、村長ぉ〜……、本当によがっだでずぅ〜!」

ファラの錬金術が成功したとルーゴから伝えられ、村長宅へと駆けつけたリリムを待っていたのは【変化の魔法】から解放されたアーゼマ村の住民達。

もちろん、その中にはリリムの師でもある村長の姿もあった。

しかし、黄色い花が持つ『魔力超過』という性質を用いた錬金術によって、その身に掛けられた魔法を無理やり解いている形なので油断は出来ない。

なのでリリムは今、元に戻った村の住民達の身体検査の真っ最中である。

「村長も健康体そのものでずっ！」

「ワシの体よりも、まず自分の顔面を気にせぬか。ぐっちゃぐちゃじゃぞ」

村長に涙やら何やらに塗《まみ》れた顔面を拭われながらもリリムは指を振るい続ける。

リリムが持つ加護によって呼び出した微精霊にお願いして、体に異常は無いかを調べて貰えば『異常なし』との返答が来た。

どうやらラァラの錬金術は完璧だったようで、村長含めた被害者達の体のどこにも異常や後遺症は見当たらなかった。

それを『微精霊の加護』で確認出来たので、リリムはようやくほっとする事が出来た。一安心したお陰でリリムの顔面はぐちゃぐちゃになってしまったが。

「ルーゴざん、ラァラざん！　手伝ってくれた他の皆さんもありがどうございます！　皆のお陰で村長がようやく魔法から解放されまじだ～！」

大粒の涙をこれでもかと流しながら、リリムはルーゴやラァラ達に礼を言う。

ラァラの錬金術が無ければ、村長達は元に戻らなかっただろう。

それ以前に、ルーゴが居なければロポスの襲撃を防げなかった。

二人が居たからアーゼマ村もその住民も皆無事だったのだ。

「まあまあ気にしないでおくれよ、俺は俺で対価は貰ってるしね。それに困ってる時はお互い様だって言うだろう？」

ね？　とァァラが同意を求める様に振り向けば、薬品が入った籠を抱えたルーゴがそれに頷く。

「礼には及ばない。同じ村に住む仲間として当然の事をしたまでだ」

そう言ってルーゴが抱えた籠を台の上に降ろし、薬品を取り出し始める。

元に戻れた皆に異常は見当たらない。しかし魔力超過を錬金術によって無理やり付与しているので、その身体には僅かな発熱の兆候が見られる。

なのでリリムは急遽《きゅうきょ》、解熱剤を調薬する事にしたのだ。

完成した薬をルーゴやァァラ、他にお手伝いしてくれているエルにハルドラ、そしてアラウメルテやティアマルタに配って貰っていたのだが、ルーゴがその手をとある人物の前で止めた。

「礼の言葉、それはお前が受け取るべきだろう、リズ」

ルーゴの視線の先、そこにはリズ・オルクという聖騎士の姿があった。彼女もまた【変化の魔法】の被害者と言える人物。

リズがアーゼマ村に危険が迫っていると知らせにこなければ【変化の魔法】の被害者はリズではなくリリムだった筈だ。

ロポスは診療所にあった魔術書に魔紋を仕掛け、それに気が付いたリズが魔法を受けてしまった。でなければ、リリムが先に魔紋に気付かず魔術書を手に取っていただろう。

「お前が村に来てくれたことで、リリムがいち早く危険を俺に知らせてくれたんだ。お陰で被害が広まる前にロポスを仕留めることが出来た、助かったよ」

ルーゴが礼の言葉をリズへと送ると、神妙な面持ちで彼女は首を振った。

「いえ、私は何も出来なかった。聖騎士として恥ずべき失態です。そして、何も出来ずに魔法を受けてしまった私がこうして無事でいられたのは、ルーゴ様やファラ様のお陰です」

そして、と続けてリズはリリムへと視線を向けた。

「リリム様の尽力のお陰でもありましょう。こちらこそ礼を言わせてください」

リリムは一度、聖女リーシャが率いるリズ達聖騎士に命を狙われている。

そういった過去があるので、リズは何か思う所があるのだろう。酷《ひど》く申し訳なさそうにして、深々と頭を下げていた。

「いえいえ、リズさんも元に戻れて良かったです！」

リリム自身も少々思う所はあるが、ここはひとまず礼を受け取る事にした。リズがこちらの身を案じてくれていたのは確かなのだから。

彼女がリリムへ伝えてくれた二つのお告げ。

――アーゼマ村に住む知人、またその者が庇護《ひご》する者に危険が迫っている。

――アーゼマ村にて死人が出る。

一つ目のお告げに関して、これをリズは『ルーゴとリリム』に危険が迫っていると解釈した様だったが、問題は二つ目のお告げだ。

――死人が出る。

不穏な響きを感じさせるお告げであったが、こちらの方は何かの間違いだったと今のリリムならそう思える。

アーゼマ村に死人など出ていない。

ルーゴと一緒に戦ってくれた冒険者達も。

襲撃の一件の後も、黄色い花の採取を巡ってマオステラと一悶着《ひともんちゃく》あり、その後アラウメルテやティアマルタとも騒動があったらしいが、全て丸く収まった。

「全員、無事でなによりですよ！」

リリムが表情に満面の笑みを浮かべると、リズも表情を緩めてそれに頷く。

村長を含め、元に戻れた他の者達も同様に。

「さて、それじゃあ俺達《たち》はこれでおさらばだ。それじゃあね、リリム君」

そう別れを告げてこちらに手を振ったラァラと、アーゼマ村の警備を務めてくれた冒険者達が迎えの馬車に乗り込んで行く。

アーゼマ村はロポスの襲撃、そして彼が使用した【変化の魔法】によって少数ではあったが犠牲者を出してしまった。

だが、村長を含めた魔法の被害者達は錬金術師ラァラの献身によって、全員が元の姿に戻る事が出来た。

ラァラの助けが無ければ、犠牲者達はそのまま犠牲者となっていただろう。

あれから数日、特に後遺症も無くすっかり元気になった村長と、リリム達アーゼマ村の住民は精一杯の感謝と共に、王都へと帰還する冒険者の一団を見送る。

「ラァラさん、村長達を助けてくれて本当にありがとうございます。なんと感謝を伝えれば良いのか……その、本当に、本当にありがとうございました」

「あはは、全然気にしなくて良いから大丈夫だよ。また何かあったら遠慮なく俺達を頼ってくれ。

なにせリリム君はギルドのお抱え薬師なんだからね」

「分かりましたっ。今回のお礼として、ロカの丸薬をいっぱい納品出来るように頑張りますね！」

「おお、いいね。君の薬は評判が良いからそうしてくれるとありがたいな」

楽しみにしているよとラァラがリリムへ柔らかく笑みを浮かべれば、表情をそのままに隣のルーゴへと向き直る。

ルーゴは今回の礼として、ラァラに冒険者ギルドの仕事を手伝う事を約束したと言っていた。ただ、ギルドに行くのはルーゴ本人ではない。

「ルーゴ、君にも期待しているよ。早々に【分身魔法】を極めてくれることにね。まあ俺の師匠なんだから心配する必要もないかな？」

「ああ、待っていてくれ。今回の借りはすぐに返すよ」

冒険者ギルドには、魔法で作り出したルーゴの分身が赴く事になっている。

リリムはその話を聞いてアーゼマ村からルーゴが出て行ってしまうのかと、少しだけ心配していたがどうやら杞憂《きゆう》だったらしい。

【分身魔法】を極める事が出来れば、ルーゴは今まで通りアーゼマ村で用心棒を続けながら、ギルドでも仕事をこなす事が出来るのだとか。

ロポスが【分身魔法】を使って村中に大発生していた時は身の毛がよだつ思いをしたもんだが、扱う者が違えばこれまた便利な魔法があるもんだなと思えてしまう。

「すぐに返す、か。あはは、頼りにしているよ」

ルーゴの返答に満足と頷《うなず》いたラァラは踵《きびす》を返す。その足が向かう馬車には既にリズが乗車していた。

視線に気付いたリズがこちらに会釈したので、リリムも小さく手を振ってそれに応える。彼女はラァラ率いる冒険者達がアラト聖教会まで送り届ける事になっている。

戦闘を得意とする冒険者の一団が、王都までの安全を保障してくれるのだ。【変化の魔法】から解放されたばかりで病み上がりのリズも安心だろう。

「ラァラさん、リズさんをよろしくお願いしますっ！」

馬車に乗り込むラァラの背にリリムが呼び掛ければ、ラァラは任せてくれと親指を立てて返事をした。

その後にハルドラとティアマルタが続き、アラウメルテも後を追うように馬車へ乗り込む。

「それじゃあ、私も帰るわねぇルーク……、あ、ごめんねぇ。ルーゴ」

「ああ」

良からぬ企てを持って王都からやってきた王盾魔術師のアラウメルテは、同じく王盾魔術師であるティアマルタがラァラに説得されたことによって、もはやアーゼマ村に残る意味はなくなった。

リリムは彼女とルーゴは既に仲直りしたと聞いていたが、両者からはやはりどうもぎこちない様子を感じてしまう。

それもそうだろう。片や殺し、片や殺されかけた関係だ。

以前の関係に戻す方が難しいだろう。

それでもアラウメルテはまだ何か言い足りないらしく、馬車に乗り込むその一歩を踏み出せないでいた。

見かねたルーゴが困ったように兜《かぶと》の上から頬を掻《か》き、僅かな沈黙の後にアラウメルテの背に投げかける。

「またな」

その一言を聞いて、アラウメルテはようやく馬車へ乗り込んだ。

窓から少しだけ顔を出して、今度は彼女の方から投げかけた。

「たまに、遊びに来ても良いかしらぁ？」

「ああ、待ってるよ」

「うん」

目を細めて笑みを浮かべたアラウメルテがルーゴから視線を外す。

どうやら完全な仲直りとまではいかなかったようだが、二人の間にあったわだかまりは多少ほぐれたようだ。

「そう言えば……」

ルーゴとアラウメルテの様子を遠巻きで眺めていたリリムは、きょろきょろと辺りを見渡し始める。一人だけ、ラァラ達と共に王都へ帰る筈《はず》の子が来ていないのだ。

彼女を待っているから未《いま》だに馬車が出発出来ないでいるのだが、一体何をやっているのかと思っていると、にわかにアーゼマ村の出入り口が騒がしくなる。

何事かと振り返れば、エルが足にしがみつくティーミアを引き摺《ず》りながらこちらへ歩いて来ていた。

「妖精王様、エル……帰らないといけないので」

「なんでよ～！　べつにエルはアーゼマ村に残ってても良いじゃない～！」

「残りたいけど、エルはAランク冒険者なので、それに調査員だから色々仕事もありますので……」

どうやらティーミアが駄々を捏《こ》ねてエルを困らせているようだ。

二人はロポスの一件の最中《さなか》でも仲睦《むつ》まじい様子だったので別れ難いらしい。主にティーミアの方が。

「妖精王様！　駄々捏ねてちゃダメっすよ！」

「お前それでも妖精王か！　子供みたいな真似《まね》するでない！」

「あぁ！」

エルの足に引っ付いていたティーミアを、マオステラとペーシャが引っぺがす。

その隙を見て走り出したエルが跳躍して馬車に飛び移った。

「それじゃあ妖精王様、また遊ぼうね！」

「エルうぅ～ッ！」

振り返ったエルが満面の笑みでティーミアに手を振っていた。

そして、次に視線をルーゴに移したかと思えば、

「ルーゴ様、約束忘れてないよね？　エルが十六歳になったら、迎えに来てね！」

「あ、ああ……」

肝心のルーゴもそんなこと言われるとは思っていなかったようで、ぎこちない返事をしていた。

すかさず、ルーゴと赤ちゃんを作りたいと言っていたティーミアが食って掛かる。

「ちょっとコラァ！　ルーゴはあたしのもんよ！　いくらエルでもそこだけは許さないわよ！」

先ほどまで喚《わめ》きながら別れを惜しんでいたのにこの有様だ。

売り言葉に買い言葉か。妖しい笑みを作ったエルが言い返していた。

「でもエル、もう予約済みですので」

「はぁ～ッ!?」

「ふふ、勝利」

ピースサインで勝ち誇るエルが、勝ち逃げとばかりに馬車に乗り込んで姿をくらます。全員が揃《そろ》ったことで、役目を終えた冒険者の一団を乗せた馬車が出立した。

エルを追い掛けようとするティーミアを横目に、リリムはルーゴのそばに寄る。

「エル様と婚約してたんですか？」

「昔にな。十六になったらという約束だ、その頃になればあいつもまた考えが変わるかも知れん」

「他に良い人が出来るみたいに言いますね。あの様子だとエル様は変わらないと思いますけど」

「俺はそんな大したタマじゃない」

「前にもそんなこと言ってましたね。あの時はルーク様がって意味でしたけど」

以前にルーゴはルークへの憧れを語るリリムにこんなことを言っていた。

（英雄か。リリムはそいつのことを様付けで呼ぶが、そんな大したタマではないだろう）

なんて。

「私もあの頃から考えは変わってませんよ。ルーク様はやっぱり凄《すご》い人です」

「あまりからかうな」

からかったつもりではなかったが、ルーゴはあの時と同じように照れ臭そうに兜の上から頬を掻いていた。

リリムは何度もこの英雄に助けられている。魔物だとバレた時も、それこそ今回のアーゼマ村が襲撃された時だって。

「私も予約申し込んじゃったりして」

「それもからかっているのか？」

「さて、どうでしょうか。……今のは忘れてください」

勢いで咄嗟《とっさ》に言ってしまった。

リリムは素知らぬ顔で一歩前に出て、表情を隠す。

後ろでルーゴが不思議そうにしていた。

深く息を吐き、振り返ったリリムはルーゴの手をそっと取る。

「ルーゴさん、そろそろ戻りましょうか」

「ああそうだな」

今は兜を被《かぶ》ってルーゴと名乗っているが、ルークが居るのならリリムが住んでいるこのアーゼマ村はいつまでも平穏が続くだろう。

今日が終わり、また明日が始まるそんな日常が。

あとがき

第三巻——

ＷＥＢ版を見てくれている方にはお分かりかと思いますが、今回お話の展開が少しと言いますか結構変わっちゃっていましたね。

黄色い花で【変化の魔法】の被害者達《たち》を救い出す。

ＷＥＢ版では割とあっさり終わったお話でしたが、書籍の方ではその合間にもう一悶着《ひともんちゃく》ありましたよって感じにしました。

アラウメルテを出したかったんです。ええ。

それともう一つ、ヒロインが主人公の正体を知ってしまった、こちらもですね。

お話としてはもう少し後にする予定だったのですが、やっちゃいました。

結果としてはリリムとルークの仲がより一層深まったかと。

私としましてはこれで良かったかなと思います。

このあとがきを書いている現在、ＷＥＢ版のリリムは未《いま》だにルーゴの正体を知りませんので、そちらはそちらで何か別の違ったお話を書けたらなと考えております。

小説を書いている内にあれもやりたいこれもやりたいと、色々詰め込んでしまった三巻でしたが、少しでも楽しんでくれたのなら嬉《うれ》しいですね。

最後に、今巻でも大変お世話になりました担当編集様、校正担当者様、そしてイラストレーターの熊野だいごろう様、本当にありがとうございます。

そして、この本を手に取っていただいたあなたにも感謝を。

もし次巻が出ることになりましたら、再びここでお会い出来ることを心待ちにしております。

それでは、また。

作品のご感想、
ファンレターを
お待ちしています

あて先

〒141-0031　東京都品川区西五反田 8-1-5 五反田光和ビル4階
ライトノベル編集部
「ラストシンデレラ」先生係／「熊野だいごろう」先生係

スマホ、PCからWEBアンケートにご協力ください

アンケートにご協力いただいた方には、下記スペシャルコンテンツをプレゼントします。
★本書イラストの「無料壁紙」　★毎月10名様に抽選で「図書カード（1000円分）」

公式HPもしくは左記の二次元バーコードまたはURLよりアクセスしてください。
▶ **https://over-lap.co.jp/824008572**
※スマートフォンとPCからのアクセスにのみ対応しております。
※サイトへのアクセスや登録時に発生する通信費等はご負担ください。

オーバーラップノベルス公式HP ▶ **https://over-lap.co.jp/lnv/**

OVERLAP NOVELS

お前は強過ぎたと仲間に裏切られた「元Sランク冒険者」は、田舎でスローライフを送りたい 3

発行　2024年7月25日　初版第一刷発行

著者　ラストシンデレラ

イラスト　熊野だいごろう

発行者　永田勝治

発行所　株式会社オーバーラップ
〒141-0031
東京都品川区西五反田 8-1-5

校正・DTP　株式会社鷗来堂

印刷・製本　大日本印刷株式会社

ISBN　978-4-8240-0857-2 C0093

【オーバーラップ　カスタマーサポート】
電話　03-6219-0850
受付時間　10時～18時（土日祝日をのぞく）

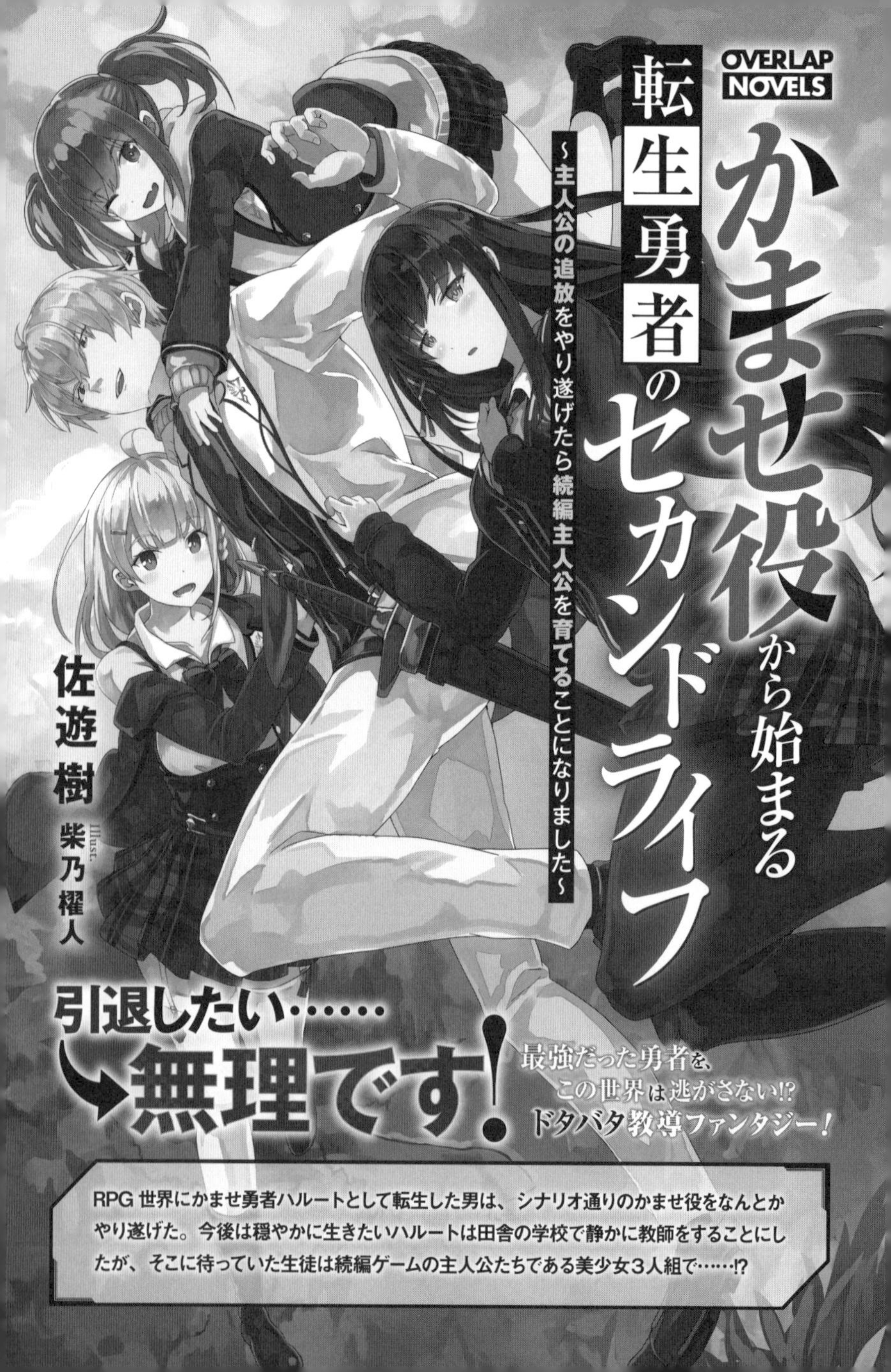
OVERLAP NOVELS
かませ役から始まる転生勇者のセカンドライフ
~主人公の追放をやり遂げたら続編主人公を育てることになりました~
佐遊樹
Illust. 柴乃櫂人
引退したい……
無理です!
最強だった勇者を、
この世界は逃がさない!?
ドタバタ教導ファンタジー!
RPG 世界にかませ勇者ハルートとして転生した男は、シナリオ通りのかませ役をなんとかやり遂げた。今後は穏やかに生きたいハルートは田舎の学校で静かに教師をすることにしたが、そこに待っていた生徒は続編ゲームの主人公たちである美少女3人組で……!?

転生したら暗黒破壊龍ジェノサイド・ドラゴンだった件
～ほどほどに暮らしたいので、気ままに冒険者やってます～
馬路まんじ
illust. カリマリカ
異世界暮らしは、“ほどほど”が一番楽しい。
元社畜は最凶最悪の存在である“暗黒破壊龍ジェノサイド・ドラゴン”として転生した。しかし、下手に活躍して仕事漬けになる社畜暮らしは前世でこりごり。人化魔法を使って三級中位冒険者・ジェイドとなると、自由気ままなスローライフを送ろうとするが――？
OVERLAP NOVELS

MMO!
えむえむおー!
I was just free to play the game, but I was so far from being human
自由にゲームを攻略したら
人間離れしてました
鴨鹿
イラスト
布施龍太
ソロプレイヤーに
とんでもねえ奴が
居たんだ……!
無自覚無双なソロ攻略記!
OVERLAP NOVELS
VRMMOのβテストで特殊なプレイを続けたせいで、データを引き継いだ本編は森の奥でひとりぼっちのスタートを切った石動影人。気にせずマイペースにソロ攻略を進めていくが、予想外の行動を続けるうちに無自覚に常識を逸脱した力を手に入れていて——